Come ho imparato le lingue

Dello stesso autore presso Bompiani

Nuova grammatica finlandese
L'ultimo dei vostiachi
A Trieste con Svevo (Tascabili Bompiani)
L'interprete
Il compagno di scuola

Diego Marani
Come ho imparato le lingue

pasSaggi Bompiani

Via Mecenate 91 - 20138 Milano

ISBN 88-452-3466-5

I edizione Bompiani luglio 2005

Anche se sono un interprete, se delle lingue ho fatto il mio mestiere e la materia principale dei miei romanzi, come la maggior parte delle persone, le lingue che conosco ho dovuto duramente studiarle per impararle. Ho passato anni chino sui banchi, fra grammatiche e dizionari prima, e dentro cabine di simultanea poi. Ho seguito corsi all'estero per perfezionarmi, ho sperimentato ogni tipo di insegnamento, da quello più tradizionale fino a rivoluzionari corsi intensivi cui mi sono prestato come cavia. Ho fatto il cameriere, il bagnino, il panettiere, il contadino, il portiere di notte e il barista per poter praticare le lingue che studiavo. Non ce n'è una delle parole di ogni lingua che conosco che non mi sia costata fatica. E ancora oggi devo spendere molte delle mie energie per conservare la memoria di una conoscenza che è effimera come i suoni da cui è portata. Questa lunga frequentazione delle lingue e l'articolata pratica del loro studio, mi hanno fatto accumulare una certa esperienza, una discreta dimestichezza e anche una serie di avventure che ho deciso di raccontare in queste pagine sperando che servano a chi come me coltiva la presuntuosa ambizione di parlare le lingue degli altri.

La mia passione per le lingue comincia da lontano. Forse all'inizio non fu neppure una passione, ma solo una curiosità suscitata in me dall'irresistibile molla della trasgressione. Da bambino, a scuola e a casa mi era vietato parlare in dialetto. Del resto, non ne avevo bisogno, né alcun motivo. I miei genitori parlavano benissimo italiano, i miei amici anche. E poi io il dialetto quasi non lo conoscevo. Ma c'era il divieto. E il divieto stuzzica sempre. Così cominciai a imparare il dialetto parlandolo coi nonni. Mi meravigliava sentire la mia bocca cambiare forma, le labbra indurirsi e la gola serrarsi per pronunciare i più aspri suoni del dialetto. Ero sempre io, ma un'altra voce parlava in me. C'erano cose che solo il dialetto poteva dire, altre invece che per raggiungerle serviva l'italiano. Gli odori della campagna, la luce di certe sere, gli animali del cortile, senza il dialetto non si potevano raccontare. La scuola, la città lontana, le cose che si vedevano in televisione esistevano solo in italiano. Il mondo del dialetto e quello dell'italiano vivevano attorno a me senza mai mescolarsi. Presto mi accorsi anche

che certi bambini del paese mi rispettavano di più se parlavo in dialetto. Quando andavo io a negoziare la restituzione di un pallone rubato o il risarcimento per qualche raro tappo di bottiglia che ci era stato sottratto con l'inganno, parlando in dialetto, ottenevo la loro attenzione e talvolta perfino soddisfazione. Anche i più feroci, seppure con fare strafottente si avvicinavano, mi ascoltavano, mi riconoscevano almeno come avversario. Mentre i miei amici che parlavano solo italiano si facevano prendere in giro e rubare anche il berretto. Fu allora che intuii il formidabile potere delle lingue e che cominciai a coltivare l'arte della mistificazione.

Ma prima di andare avanti a raccontare le mie peripezie linguistiche, sarà utile spiegare rapidamente come funziona, nella nostra testa, l'apprendimento delle lingue e che differenza c'è fra la lingua madre e le lingue imparate in età adulta. Se possiamo parlare la nostra lingua senza mai averla dovuta studiare, è perché ci è entrata in testa all'età in cui il nostro cervello era ancora malleabile. Non quindi attraverso il ragionamento cosciente, ma con la sola forza dell'imitazione. In modo inconscio siamo lentamente riusciti a impadronirci dei suoni, delle forme grammaticali e della struttura sintattica della nostra lingua. Il dialetto che cominciai a parlare solo in età scolare, in realtà era già stampato nella mia mente. Ne avevo sentiti i suoni fin da piccolo, quando giocavo coi miei nonni. Li avevo ripetuti senza distinguerli all'inizio da quelli dell'italiano. Soltanto in prima elementare mi accorsi che potevo parlare in due modi diversi, che una cosa poteva avere due nomi.

Dai cinque anni d'età in poi, da quando cioè abbiamo coscienza di noi, non ci è più possibile imparare in modo inconscio. Il cervello ha preso il comando, la spontaneità cede il passo al ragionamento. Imparando a dire "io", il nostro inconscio si è solidificato, è diventato come la pietra. La nostra individualità è compiuta e con essa la nostra appartenenza linguistica, parte essenziale della costruzione identitaria di ogni individuo. I bilingui, che fin dalla più tenera età sono esposti alle sonorità di due lingue, hanno la fortuna di acquisire così più d'una lingua madre. Anche se in realtà gli scienziati sostengono che la lingua madre è una soltanto, queste persone potranno parlare indifferentemente due o (nel caso dei plurilingui) più lingue. I suoni che hanno captato e imitato da bambini resteranno per sempre nella loro mente e potranno essere successivamente ravvivati con lo studio e la pratica. La maggior parte delle persone, invece, le nuove lingue che vorranno parlare, dovranno impararsele. Come qualsiasi altra conoscenza. Attraverso il duro metodo dell'apprendimento. I miei amici che da bambini non parlavano il dialetto, ancora oggi non sono in grado di parlarlo e quando provano a dire qualche parola suscitano la risata o il fastidio. Il dialetto nella loro bocca suona falso, innaturale. Perché vi è entrato quando era troppo tardi, quando il palato, la lingua e le labbra non rispondevano più allo stimolo dell'imitazione ma a quello del ragionamento. In realtà i miei amici, anche quando provano a esprimersi in dialetto, non parlano autenticamente, ma traducono dall'italiano. Parlare una lingua è riuscire a pensare in quella lingua.

Quando si raggiunge la capacità di esprimersi in una lingua straniera tutto cambia. Anche se, come abbiamo visto, la nostra individualità è già compiuta e ben solidificata in noi, parlare una lingua straniera incide sulla percezione che abbiamo di noi stessi, ci spinge in qualche modo a uscire dalla nostra personalità e a vederci dal di fuori. Troviamo sempre imbarazzante pronunciare suoni cui non siamo abituati. Imitare l'intonazione e l'espressione di un'altra lingua ci sembra innaturale, forzato. Abbiamo l'impressione di farci violenza piegandoci a questo esercizio. Ci sentiamo buffi, inadeguati, ci tratteniamo, abbiamo vergogna di noi stessi. Anche per queste ragioni la capacità di esprimersi in una lingua straniera è difficile da perseguire. Non ce ne accorgiamo, ma la produzione di suoni diversi da quelli che ci sono familiari altera anche i nostri connotati fisici. Muoviamo altri muscoli facciali, stringiamo o allarghiamo maggiormente la bocca, la nostra espressione cambia. Sarà facile osservare ad esempio come i suoni essenziali della lingua inglese si producano soprattutto sulle labbra, mentre sia il francese che il tedesco si pronuncino principalmente a livello palatale. Tutto questo cambia la nostra faccia. Possiamo allora davvero dire che esiste una faccia da italiano, una da tedesco o da inglese. Parlare un'altra lingua è un estraniamento affascinante che ci apre altri mondi, ci fa davvero sentire di essere una delle tante persone che avremmo potuto essere. Non si può imparare una lingua senza parlarla. La capacità di leggere un testo in una lingua straniera non ha niente a che vedere con la conoscenza linguistica. Leggere uno spartito non è suonare. Mentre è possibile suonare senza conoscere le note. Non bisogna dimenticare che se le lingue portano questo nome, è perché nell'organo della lingua si concentra la loro essenza. Si può addirittura dire che la scrittura di una lingua sia in fondo una forzatura. Scrivere vuol dire codificare, cioè costringere in un canone. Quando una lingua viene scritta, subito invecchia. Perché la sua evoluzione diventa visibile nel tempo. Le parole non cambiano più spontaneamente col cambiare della realtà, ma mummificate dalla scrittura si accaniscono a sopravvivere anche quando quel che esprimono non esiste più. Mi ci sono provato spesso, ma faccio fatica a scrivere nel mio dialetto. Malgrado oggi esistano regole precise di trascrizione, ogni volta che metto sulla carta le parole del dialetto le sento soffrire. Sento che non è quello il loro posto, che costrette in un segno soffocano. Non sono fatte per stare su un foglio, devono vibrare nell'aria per essere davvero espressive. Come tanti altri, il mio dialetto fra qualche decennio sarà scomparso. Molti considerano inaccettabile la morte di una lingua o di un dialetto. Io credo invece che anche le lingue abbiano il diritto di morire. È giusto conservare la cultura di una lingua, e in questo la scrittura è uno strumento prezioso, perché permette di ibernare un sapere estinto e di non perderne la ricchezza. Ma quando una lingua non ha più nulla da dire, quando il mondo di cui era l'espressione non esiste più, ostinarsi a tenerla in vita è una forzatura, un accanimento terapeutico che produce animali da zoo, non autentici locutori. La lingua è memoria e a me il dialetto serve per ricordare. Ma non potrei sopportare l'idea che dopo la mia morte qualcuno potesse avere la presunzione di tenere artificialmente in vita i miei ricordi.

È vero che anche nelle lingue entrano in gioco i sentimenti. Certe lingue possono suscitare un'irrefrenabile antipatia o la più spontanea attrazione, a seconda dei casi. Io stesso che da specialista proclamo di amare tutte le lingue, ne adoro certe e non riesco a sopportarne altre. Un po' come si fa con la musica. Potrà sembrare strano, ma senza capirne una parola, a me piacciono i suoni della lingua mongola. Ho comperato un piccolo corso di conversazione su CD e ogni tanto mi siedo in poltrona ad ascoltarlo come se fosse un concerto. Mi rilassa, mi fa pensare a tundre ventose, a paesaggi vuoti e ipnotici, a iurte solitarie in mezzo a oceani d'erba frusciante. Al contrario, non sopporto il portoghese. Perché proprio il portoghese, non so. Sarà che ho sempre l'impressione che chi lo parla mi prenda in giro, che si diverta a non pronunciare appositamente le vocali per rendermi incomprensibile una lingua che altrimenti capirei, e che in fondo è soltanto un miscuglio di italiano e spagnolo. Come sempre, le più profonde incompatibilità sono dettate solo dall'ignoranza. Se conoscessi di più il portoghese, sono sicuro che mi piacerebbe. Allo stesso modo, trovo pretestuose le ragioni di chi afferma che certe lingue sono belle e orecchiabili mentre altre sono brutte e cacofoniche. Semplicemente, ci sono quelle più vicine al nostro orecchio e quelle che ci sono meno familiari. È poi innegabile che la propensione allo studio cambia da una persona all'altra. C'è chi per carattere è portato all'apprendimento linguistico e chi invece per parlare un'altra lingua deve forzare la propria natura. Questo tipo di resistenze ha diramazioni psicologiche. Imparare un'altra lingua è sempre un poco uscire da se stessi, spaccare il guscio protettivo della propria identità.

Se da bambini indossavate di nascosto i vestiti di vostra madre o di vostro padre e sfilavate gesticolando davanti allo specchio, se sapevate imitare la voce e i gesti della vostra insegnante di matematica strappando le risate dei vostri compagni, se vi riuscivano bene gli scherzi telefonici, se cantate sotto la doccia, se siete bravi a raccontare bugie e barzellette, allora siete portati per le lingue. Imparare una lingua è come recitare. Serve orecchio, faccia tosta, bisogna saper entrare nei panni di un altro, essere un poco istrioni, venditori di enciclopedie, ciarlatani, e avere la capacità o il difetto di lasciarsi influenzare. La lingua è soprattutto suono e voce, intonazione ed espressione. Si possono conoscere di una lingua pochissime parole ma riuscire ugualmente a sostenere una conversazione se si è abili nell'imitazione, se si è svelti e attenti nell'ascoltare, nel carpire nuove parole parlando. Per parlare bene una lingua bisogna sapersi allontanare da se stessi e praticare l'insidiosa arte di scimmiottare gli altri. Solo chi si conosce bene, chi non si prende troppo sul serio, riesce ad allontanarsi da se stesso senza troppi danni. Perché a forza di estraniarsi, con l'incoraggiamento dei successi ottenuti, si corre il rischio di prenderci gusto e diventa un po' più complicato riacquistare la propria faccia, riprendere il proprio tono di voce, le proprie espressioni. Insomma, a imparare troppo bene le lingue esiste il serio rischio di diventare schizofrenici. Le persone tutte d'un pezzo, i perfezionisti, i timidi, gli stonati, gli introversi, i troppo belli, i troppo seri, non sono naturalmente portati per le lingue. Troppo prigionieri di se stessi, è difficile che si abbandonino con trasporto all'imitazione. Ma anche per loro non è mai detta l'ultima parola, ché ancora mille espedienti esistono per chi davvero vuole imparare una lingua. Ad esempio, il più banale, ma sempre il più efficace resta quello di innamorarsi della professoressa. Cosa non si fa per amore? Il ministero dell'istruzione dovrebbe rivalutare questo rivoluzionario metodo didattico anche per altre materie. Soprattutto le più ostiche. Si potrebbe addestrare un corpo specializzato di professoresse seduttrici votate all'insegnamento di chimica, fisica, matematica, informatica. Così sì che eviteremmo la fuga dei cervelli! Non sempre però le professoresse suscitano molto trasporto e anche dal punto di vista pratico sorgono delle difficoltà: più di due o tre studenti per classe non possono sedurre e un innamoramento raramente dura un triennio. Nell'impossibilità di innamorarsi della professoressa, resta l'alternativa di innamorarsi di un'indigena. Questa opzione è la più efficace e la più praticata da noi specialisti. Ma può anche essere complicata, perché il più delle volte è necessario spostarsi all'estero per un periodo medio lungo e, senza sapere una parola, all'inizio il rimorchio è sempre difficile. Conosco però colleghi che tutte le loro lingue le hanno imparate così, senza mai aprire una grammatica. Io stesso, nei miei primi tentativi di parlare inglese avevo sviluppato la capacità di esprimermi esclusivamente con frasi tratte da canzoni dei Beatles. È incredibile quanto si possa riuscire a dire imparando a memoria un LP. Un altro dei miei personali espedienti era quello di memorizzare frasi accattivanti, espressioni idiomatiche, modi di dire che bisogna poi avere l'abilità di pronunciare al momento giusto. Fu questa strategia che seguii nel mio avventuroso approccio alla lingua finlandese. Una sera d'inverno, invitato a una sauna in un esclusivo club di Helsinki, dopo quello del lago ruppi il ghiaccio della conversazione lanciando questa frase ai miei silenziosi ospiti: *Periaattessa, kaikki saunat ovant samanlaisia*, che significa "in teoria, tutte le saune sono uguali". Il guaio fu che dopo un così promettente attacco tutti si aspettavano che io sviluppassi chissà quale avvincente teoria sulla sauna. Invece non sapevo dire altro. E un enigmatico silenzio cadde sulla mia ignoranza.

Personalmente, non so se sono davvero portato per le lingue o se invece sono felicemente riuscito a trovare sempre gli stratagemmi più efficaci per impararle. Se pure presento i più comuni sintomi che denotano una certa propensione, anche qualcuno di quelli contrari adombra il mio carattere. Fra cui quello di essere stonato. Ma come dimostrerò in seguito, perfino questa può essere una dote. Fu forse per andare sul sicuro che alle scuole medie mi feci guidare più dalle gambe e dai sofisticati profumi della mia insegnante di francese che dalla fiducia nelle mie capacità d'apprendimento per imparare la lingua di Molière. Era contenta quando poteva mettermi nove sul compito in classe. Mi guardava con occhi pieni di aspettative. Perché avrei dovuto deluderla? I suoi tailleur succinti, il suo passo leggero nei collant bianchi, mi facevano pensare a Giovanna d'Arco, agli "Champs Élysées", alla Legione straniera, alle sfilate di moda, ai dischi di Sylvie Vartan che prendevo di nascosto dal portadischi di mia madre e andavo ad ascoltare nella mia camera. Cantavo le canzoni sottovoce per non farmi sentire, e in quelle parole sussurrate che non sempre capivo sentivo che era contenuta la chiave segreta per parlare con tutte le dolcissime ragazze dai capelli biondi di cui sicuramente doveva essere popolata la Francia. Non l'avevo detto a nessuno che Sylvie Vartan mi scriveva. A dire il vero, avevo cominciato io, con una struggente lettera di ammiratore, dopo averla vista sul set di *Canzonissima*. Quando cantava *Irresistibilmente* con quel suo tenero accento francese, mi faceva venire la pelle d'oca. Collezionavo le cartoline con la sua immagine che portavano dietro la scritta "Avec sympathie, Sylvie". Lo sapevo che era un timbro, ma ero certo che ce lo avesse stampato lei stessa con le sue manine delicate, pensando a me. Fu per Sylvie Vartan e per la mia insegnante di francese delle scuole medie che imparai d'un fiato tutti i dittonghi e la loro complicata pronuncia. Faticai con l'astrusa "u", ma infine la conquistai.

Sarebbe stato troppo cercare di dominare anche l'imprendibile erre di gola. Mi accontentai. E fu un bene. Ero riuscito a imparare i primi rudimenti di francese senza allontanarmi troppo da me. Potevo ancora fare ritorno. Invece finii per perdermi in inguaribili vanità.

L'ostacolo più difficile da superare nello studio di una lingua è sicuramente la grammatica. Non solo a causa dell'intrinseca difficoltà che ogni grammatica presenta per il semplice fatto di organizzare la struttura della frase in un modo diverso da quello che ci è familiare. Ma soprattutto per l'atteggiamento di cieca deferenza che l'uomo occidentale assume davanti alla parola "grammatica". La nostra formazione culturale ci porta ad associare alla grammatica e alla regola un'importanza spropositata rispetto alla loro effettiva funzione nel processo di apprendimento di una lingua. Siamo erroneamente convinti che la grammatica sia la proclamazione di un ordine, e che soltanto conoscendola a menadito possiamo avere la vaga pretesa di padroneggiare una lingua straniera. Non ci rendiamo conto che la grammatica è invece solo la descrizione di un disordine, la fotografia di una lingua in un determinato momento della sua evoluzione. Le lingue non sono una creazione fissa e immutabile, affidate agli uomini da una divinità misteriosa perché le imparino senza toccarle. Sono fenomeni naturali, che sfuggono al nostro controllo individuale perché vivono ben più a lungo di noi. Anzi, si può addirittura affermare che le lingue sono eterne, non muoiono mai, semmai si trasformano. Il latino non è morto, si è trasformato nel francese, nell'italiano, nello spagnolo che oggi conosciamo. Le lingue si salvano sempre, perché il loro fine non è la conservazione di una presunta purezza antica

o la trasmissione ai posteri di un insieme di regole, bensì l'efficacia del loro sistema di comunicazione.
Solo perché lo facevo per Sylvie Vartan sono riuscito a imparare a memoria la grammatica francese. Le ho ancora stampate nella mente le sue pagine con quattro righe di regola e cinquanta di eccezioni. Ma quando l'eccezione è più frequente della regola, che regola è mai più? Se è così difficile mettersi in testa la regola della "s" alla terza persona singolare dei verbi inglesi, vuol dire che è la grammatica a sbagliarsi, non noi. Del resto, in molte lingue le regole della grammatica sono contraddette dall'uso e alla lunga viene a crearsi un innaturale divario fra la lingua d'uso e quella canonica. La paura dell'errore, l'ossequio alla grammatica non devono inibire i nostri tentativi di parlare una lingua, di avventurarci fra i suoi segni anche se siamo ancora titubanti e malfermi nella pronuncia e nella costruzione sin-

tattica. È solo così che possiamo irrobustire la nostra conoscenza. Per questo lo studio moderno delle lingue cerca di porre la grammatica in subordine e di insegnarla in modo indiretto, attraverso la ripetizione meccanica di modelli. Una volta che il modello grammaticale è stato assimilato, diventa poi facile modificarlo nelle diverse variazioni possibili di vocabolario e di contesto. In questo modo la grammatica viene interiorizzata senza essere concettualizzata. Ma questo è vero fino a un certo punto e se pure è sbagliato essere succubi della grammatica, bisogna però riconoscere che viene un momento in cui il suo studio e la sua completa padronanza sono necessari.

Ogni strumento musicale si suona secondo regole proprie, e non si possono cercare sul violino le note dell'oboe. Allo stesso modo, ogni lingua risponde ai suoi codici e solo attraverso di essi è comprensibile. La grammatica è in fondo un gioco, e senza rispettare le regole è impossibile giocare. Ma come un gioco va presa, cercando di vedere oltre la rigidità della regola la funzione che essa svolge nell'insieme della lingua.

Ci fu un'altra lingua che fece da sfondo alla mia infanzia. Lontana, incomprensibile e misteriosa. Quella che parlavano le bambine bionde che riempivano le nostre spiagge d'estate. Come molti miei compagni di scuola, ogni mese di luglio ci trasferivamo al mare con tutta la famiglia. La spiaggia del Bagno Marte diventava allora il nuovo cortile dei miei giochi. Io, Robertino e gli altri avevamo provato più volte ad avvicinare le bambine che nuotavano veloci e, invece dei bomboloni alla crema, per merenda mangiavano peperoni crudi. Ma erano tutte più grandi di noi, ci guardavano sprezzanti dalla cima delle loro cosce lunghe e quando parlavano sembravano sempre arrabbiate. Allora ci ritiravamo dietro i nostri secchielli e scavavamo nella sabbia buche profonde da cui spiavamo con rimpianto i loro colorati costumini. Senza però mai smettere di pensare a un approccio. In questo trovammo insperato aiuto nel mio amico Graziano. Graziano Melandri era il figlio del fruttivendolo, che ogni estate apriva una succursale al mare per vendere ai tedeschi i cocomeri acerbi e i meloni insipidi che non riusciva a smerciare in paese. Graziano, che noi crudelmente avevamo soprannominato Melanzano, andava ad aiutarlo.

Una mattina di fine giugno, nei giorni vuoti in cui aspettavamo di partire per il mare, ci ritrovammo con le biciclette sotto il portico fresco dove teneva bottega il fruttivendolo. Si parlava con impazienza di bagni, di tuffi dal molo, di un nuovo tipo di cialda che faceva furore nelle gelaterie della costa. Melanzano aveva appe-

na finito di aiutare suo padre a caricare le ultime casse sul camioncino predisposto per il trasferimento estivo del negozio. Fece rotolare verso di noi un cocomero spaccato, aprì il suo coltello a serramanico e ce ne tagliò qualche fetta sopra una cassetta rovesciata.
"I tedeschi mangiano anche il verde!" disse addentando per primo la polpa sugosa. Tutti subito ricordammo i costumini colorati.
"Vengono tanti tedeschi nel tuo negozio?" chiese uno di noi.
"Tantissimi!"
"E come fai a capirli?" lo incalzammo.
"Ma io so parlare in tedesco!" proclamò Melanzano asciugandosi la bocca sull'avambraccio abbronzato. Lo scrutammo increduli.
"Venite in bottega una mattina e sentirete!"
Il primo luglio eravamo tutti davanti alla porta della succursale marittima di Me-

lanzano. Quando suo padre alzò la saracinesca, ebbe un attimo di smarrimento. Dovette credere per una frazione di secondo che il negozio fosse misteriosamente ritornato in paese durante la notte. Ma Melanzano lo rassicurò:

"Sono con me," disse fissandoci con uno sguardo d'intesa. Pigliò sotto la bilancia il primo sacchetto di carta e lo aprì con un potente soffio. Presto il negozio si riempì di una folla ciabattante. Erano i villeggianti tedeschi che passavano a comperare frutta e verdura da mangiare in spiaggia. Con la matita dietro l'orecchio, Melanzano pesava prugne, pesche e zucchine ad alta voce gridando invariabilmente "zweihundertfünfzig". Duecentocinquanta. I tedeschi annuivano, Melanzano scarabocchiava sul sacchetto e suo padre incassava sorridente. Tutto costava "zweihundertfünfzig" nella magica bottega di Melanzano che gesticolava come un agente di borsa e ogni tanto a qualche signo-

ra accaldata sussurrava comprensivo: "Viele Leute!"
Tornammo interdetti alla spiaggia, terrorizzati dall'idea che Melanzano potesse scoprire il nostro nido di bambine bionde e farne razzia. Erano già arrivate tutte e avevano superato felicemente le prime scottature. Ci guardavano da sotto l'ombra del loro ombrellone masticando poderosi peperoni rossi. Allora presi il coraggio a quattro mani. Buttai il secchiello e uscii dalla buca. La sabbia scottava, il grido del venditore di noci di cocco si perdeva in lontananza. Sotto il vento teso, un pattìno beccheggiava sulla battigia. Era l'ora del mezzogiorno. La spiaggia si era svuotata. Restava solo qualche vecchia che a ridosso delle cabine faceva le sabbiature col giornale in testa. Mi avvicinai all'ombrellone teutonico e affondando i piedi per non scottarmi, con un filo di voce esclamai:
"Viele Leute!"

Fu la mamma la prima a scoppiare a ridere. Poi tutta la famiglia, il papà, le bambine, perfino la più piccola seduta nel passeggino, anche l'ombrellone accanto, uno dopo l'altro, tutti gli ombrelloni tedeschi della spiaggia a perdita d'occhio. Quel 1° luglio del 1970, l'intero litorale adriatico risuonò inspiegabilmente di una misteriosa risata che aveva colpito solo i tedeschi. Da allora "Viele Leute" divenne il mio inglorioso soprannome. Non avevo imparato il tedesco, ma avevo imparato che far ridere aiuta a imparare le lingue.

Sarà perché non ci fu nessuna bella achea, nessuna antica romana di cui innamorarsi che i miei risultati nelle lingue morte del liceo non furono mai paragonabili a quelli raggiunti con le lingue vive. Sono sicuro che avrei fatto cambiare idea anche a Lesbo con i miei tenaci innamoramenti giovanili. Entrambi ne avremmo tratto giovamento. Io sarei diventato un virtuoso dell'aoristo e lei avrebbe potuto scolpire qualcuno dei suoi versi anche in dialetto ferrarese. Del nutrimento di simili vertiginosi interscambi avrebbe bisogno la nostra scuola. A dire il vero, neppure l'insegnante di francese che trovammo al ginnasio aveva le qualità della seduttrice. Ci guardava con occhi da gallina dietro i suoi grossi occhiali di miope. I suoi vestiti mandavano un odore di minestra fredda, di quel sudore misto a fumo che si poteva annusare la sera nel retrobottega del bar, dove il flipper baluginava frastornato da troppi tilt. In quelle condizioni, non so dire quale molla mi spinse a conservare e anche accrescere la mia conoscenza della lingua francese. Ad animarmi fu forse il secondo, grande motore di ogni attività umana: la paura. Mi facevano paura quell'aula nera, quelle facce da Controriforma, la luce patibolare che scendeva sui banchi dalle alte finestre impolverate. Era di brutta carta gialla, stampata in piccolo e con i caratteri tondi mangiati dall'inchiostro il libro di francese del ginnasio. Non c'erano le figure colorate come nel *Nouveau cours de Français* delle scuole medie. Era perduto per sempre il radioso maggio dei miei sinuosi nove sui fogli protocollo del compito in classe, quando il vento profumato d'erba entrava dalla finestra dell'aula e scompigliava leggermente i capelli della mia insegnante di francese facendola ancora più bella. Pensavo con rimpianto agli spensierati giorni di Sylvie Vartan, alla sua voce che dai televisori di tutte le case si spargeva per le strade nelle sere fresche e leggere, alle corse in bicicletta quando andavo a mostrare ai miei amici la fotografia patinata appena arrivata da Parigi. Non avevo più il cuore di scriverle. Sicuramente si era dimenticata di me. Ma segretamente sognavo che, una volta scontata la pena del liceo, l'avrei ritrovata. Forse un po' più vecchia, ma sempre bella, sempre sorridente mi avrebbe sussurrato: "Tout m'entraîne irrésistiblement vers toi, à chaque instant. Tout m'enchaîne irrésistiblement à toi, je le sens."

Malgrado l'oscurantismo linguistico in cui ero piombato, la curiosità per le lingue in me non si spegneva. Visto che il liceo offriva pochi e troppo tarlati stimoli, cercai nel vasto mondo nuove opportunità. Mio padre da anni tentava senza risultato di imparare l'inglese con i dischi di *L'inglese giocando*. Sentendo più forti che mai le colpe dei padri ricadere sui figli, gli chiesi allora di iscrivermi a un istituto privato straniero che si era appena stabilito in città e teneva corsi pomeridiani a tutti i livelli. Bisognerà qui che racconti come arrivammo alla fatale decisione del corso di inglese, cosicché i vani tentativi che mio padre fece per imparare l'inglese e l'indecoroso naufragio di ogni sua velleità servano da esempio e monito. Fin da quando ero ancora in tenera età, ogni sera prima di cena mio padre si chiudeva nel suo studio e spegneva la luce. Origliando dietro la porta, dopo poco sentivo sorgere dal buio della stanza voci sconosciute e incomprensibili.

What is this?
This is a dog!
Is this a dog?
No, this is a cat!
Is this a cat?
No, this is a dog!

ripetevano gravemente una donna e un uomo. Ogni tanto, con molta esitazione e una voce bugiarda, anche mio padre si inseriva nella criptica conversazione. Io ero allarmato da quella misteriosa presenza serale nello studio paterno. Arrivai perfino a pensare che papà stesse nascondendo qualcosa a mia madre e ricevesse nel suo studio persone poco raccomandabili. Cercai anche di mettere in guardia la mamma, facendo schiamazzi davanti alla porta. Fui punito, e le sere che papà si chiudeva nello studio mi venne vietato il corridoio. Mia madre provò a rassicurarmi dicendomi che papà stava studiando. Grazie all'ascolto di una serie di dischi e allo studio dei rispettivi fascicoli, in pochi mesi sarebbe riuscito a parlare l'inglese, una lingua importante che poi avrebbe insegnato anche a tutti noi. Certi pomeriggi, approfittando dell'assenza di mio padre, andavo nel suo studio a sfogliare di nascosto i fascicoli rossi e blu dell'*Inglese giocando*. Guardavo le figure, le lettere che non sapevo ancora leggere. C'erano cani, gatti, matite, penne disegnati molto peggio che sulle mie *Fiabe sonore*. Una volta mi azzardai perfino a mettere un disco sul piatto:

This is a pen.
That is a pencil.

These are a pen and a pencil.
Is this a pencil?
No, that is a pencil!

Così di primo acchito, l'inglese mi sembrò una gran noia. Una lingua per ritardati mentali. E poi mi chiedevo, se a papà bastava ascoltare quello scaffale di dischi per imparare l'inglese, io con la mia libreria piena di *Fiabe sonore* cosa sarei mai riuscito a imparare? Non lo sapevo ancora, ma fu anche così che imparai l'italiano, e ci volle del tempo per convincermi che i pescherecci al mare non si chiamano velieri, che è un po' improprio definire maniero il castello di Ferrara, che mia sorella non era una pulzella, che la donna delle pulizie si offende a sentirsi chiamare ancella, che non si può dire buon uomo al postino e che il mio cappottino blu non poteva essere chiamato pastrano.

Tornando a mio padre, se questa storia fosse un film, la sequenza lo mostrerebbe sempre più vecchio e incanutito col passare degli anni, appostato alla scrivania davanti al suo Geloso portatile, mentre io, dietro la porta del suo studio, comincio a camminare eretto, poi smetto i pantaloni corti, abbandono il pullover per la giacca, metto un po' di barba sul mento e infine busso per chiedere:
"Papà? Allora, questo *Inglese giocando* funziona?"

Che non funzionava affatto e che dieci anni erano passati per niente lo scoprimmo l'estate in cui papà ci portò in vacanza in Turchia. Era il nostro primo viaggio extraeuropeo ed eravamo tutti preoccupati. Finché si andava in Francia o in Spagna, malgrado i nostri pessimi accenti ci si faceva capire. In Jugoslavia quasi tutti parlavano l'italiano. Ma in Turchia? Come ce

la saremmo cavata? "Con l'inglese!" aveva risposto papà trionfante mostrando il dizionarietto tascabile rosso e blu infilato nel cruscotto. Quando sbarcammo a Smirne, papà guidò sicuro la nostra automobile fuori dal porto. Ci trovammo presto in una colorata e chiassosa confusione di bancarelle, carretti, venditori ambulanti, autocarri, gigantesche automobili americane, mendicanti storpi, bambini mezzi nudi e puzzolenti cammelli. In quel brulicare di cose, animali e uomini, era perfino difficile distinguere la carreggiata. Ma, come per miracolo, sorse all'improvviso davanti a noi un vigile tutto bianco sopra un piedestallo a strisce rosse. L'elegante militare si chinò con fare cortese verso mio padre che si era affacciato al finestrino.
"Do you speak English?" balbettò papà.
"Yes, I do! How can I help you, Sir?" rispose l'agente con un bel sorriso sotto i folti baffi toccandosi affabilmente la punta della visiera.

Seguì un attimo di vertiginoso silenzio. Tutto attorno a noi sembrò pietrificarsi. I clacson tacquero, i ragli degli asini, le grida dei mercanti, il rombo dei motori, ogni rumore venne assorbito dal vortice della nostra trepidante attesa. Papà ci guardò, si aggiustò gli occhiali sul naso e con una tragica smorfia sulla bocca, al vigile chino verso di lui e a noi tutti attoniti, nel dialetto che non gli avevo mai sentito parlare prima, disse:
"Eh! E adéss cùssa as gégna?" (Eh! E adesso cosa ci diciamo?)
Mentre l'auto ripartiva immergendosi sempre di più nel caotico traffico di Smirne, guardando il volto sgomento di mia sorella più piccola solennemente promisi che l'inglese lo avrei imparato io, che io avrei salvato la famiglia dalle sempre più avventurose vacanze in cui papà ci trascinava. A onor del vero, devo dire che oggi mio padre guarda la BBC, è abbonato a "The New Yorker" e viaggia per l'Europa

in aereo con grande disinvoltura. Questo lascia presumere che l'inglese per lui non abbia ormai più segreti e che malgrado *L'inglese giocando* ne abbia acquisito una completa padronanza. A me resta invece il possente dubbio che la sua eloquenza anglofona poggi sulla sabbia, e solo l'irripetibile prova del vigile turco potrebbe convincermi del contrario.

Il giorno in cui feci ingresso per la prima volta nei locali della "inlingua" mi venne incontro una rinsecchita signora dai capelli rossi e dal collo a grinze, con un grosso neo peloso sul labbro superiore e un fiato mefitico. Subito fui colto dal più profondo scoramento. La lingua inglese rischiava di morire in me ancor prima di nascere. Addio Shakespeare, Dickens, Defoe! Non avrei mai avuto lo stomaco di comperare neppure un disco dei Genesis o dei Pink Floyd. Mi sarei ridotto ad ascoltare Casadei per tutta la vita solo per colpa di quel brutto incontro. Ma fortunatamente la signora dai capelli rossi era solo la segretaria. Mi porse un libro e una cartellina e mi scortò in un'aula luminosa, dove ad aspettarmi c'era Pauline. Sarebbe falso ed esagerato dire che mi innamorai di tutte le mie insegnanti di lingua. Ma è sempre spiacevole deludere un bel viso e un radioso sorriso. Questo le brave insegnanti lo sanno. E con misurata arte, fanno sempre un poco perdere la testa ai loro allievi. Quel tanto che basta per il profitto, niente di più. Così li facevo sempre tutti gli esercizi per Pauline. E con maggior cura, con più buona lena di quelli della gallinaccia francese del liceo. Quelli di greco e latino, poi, smisi proprio di farli. Se sbagliavo Pauline non si arrabbiava, anzi mi prendeva vicino a lei, mi inondava del suo profumo e mi bisbigliava all'orecchio la sua avvolgente pronuncia. Erano soprattutto le "th" e le "r" a sciogliermi il cuore. Ancora oggi, certi telegiornali della BBC mi fanno accapponare la pelle. Mi fanno venire in mente Pauline, e anche Sylvie, tutt'e due in una, un'unica donna bellissima, la maestra ideale che parla francese e inglese, che mi prende sulle ginocchia e con un bacio magicamente travasa in me la perfetta conoscenza.

Con Pauline imparai che si può parlare una lingua anche senza sapere la grammatica, ché a forza di ripetere frasi apparentemente innocue, nel legno duro della mia testa si era venuto a scavare un solco in cui le parole finivano per fluire ordinate secondo il giusto modello grammaticale, senza bisogno che io ne avessi una precisa consapevolezza. Ma anche se quella fu per me una grande liberazione, non riuscii mai a rinunciare alla rassicurante vigilanza della regola. Perché la conoscenza si consolidasse in me, dovevo sapere con precisione il dosaggio degli ingredienti di ogni frase che spontaneamente pronunciavo. Questo era il segno che ancora non ero un cuoco, solo un solerte apprendista. I veri cuochi non hanno bisogno della bilancia, l'istinto li guida nell'accostamento anche più ardito e quel che alla fine versano nel piatto è sempre un insieme coerente di sapori. Così fa il vero poliglotta, che domina la grammatica di una lingua senza doverla studiare perché ne coglie istintivamente la logica, e quel che non sa abilmente deduce.

Devo però ammettere che la tanto detestata grammatica, nella sua pedante ottusità, ha pure grandi meriti. Studiarla può talvolta servire a poco per imparare una lingua, ma è un ottimo esercizio spirituale. Rilassa la mente, protegge dal disordine della vita. Come in ogni religione, anche nella grammatica quel che conta è avere fede. Bisogna credere nella regola perché si avveri. E allora la sua ineffabile esattezza non deluderà mai. La pratica assidua della grammatica, il suo cieco apprendimento porta pace allo spirito e smorza le passioni. Ad esempio, non si è più gli stessi dopo che si sono studiate le regole dell'accordo del participio passato francese. Tanto stordimento suscita una benigna umiltà nei nostri cuori. Quanta compassione meritano gli inetti che non sanno fare l'accordo con l'ausiliare giusto! Che sincero e gratuito desiderio avremo di soccorrerli, di strapparli all'errore che li rende così infelici. E ci sentiremo più vicini a Dio risolvendo gli insidiosi esercizi a fine capitolo, dove in una riga saremo sollecitati ad applicare almeno tre regole e scavalcare altrettante eccezioni. La ripetizione dei paradigmi dei verbi irregolari infonderà in noi desiderio di altro castigo, ma anche la sensazione di essere sulla retta via. L'esercizio grammaticale incoraggia al raccoglimento, alla frugalità e alla misura. Mortifica i sensi e libera la mente. Ormai stanco di imparare nuove lingue, oggi colleziono grammatiche. Mi piace sfogliarle e attardarmi a caso su qualche regola, sul pio florilegio degli esempi, che come salmi riassumono il precetto, a metà fra la poesia e la preghiera. Mi fa tenerezza l'ingenua promessa di verità che emana dalle loro pagine, l'universo che costruiscono, assolutamente perfetto e infallibile per chi vuole crederci.

Ogni lingua, si sa, è lo spirito di un popolo. E la sua grammatica è anche una chiave per capirlo, per imparare, assieme alle regole del parlare, quelle del comportamento. Così mi piace ricordare un esercizio di lettura della ruvida grammatica di tedesco con cui in gioventù cercai di piegare la mia insubordinata indole. In quella sola riga c'era un intero corso di educazione civica tedesca.

Der Lehrer bestraft den Schüler, aber der Schüler liebt den Lehrer.
(Il maestro punisce l'allievo, ma l'allievo ama il maestro.)

Bisognerà ora spendere qualche parola sui tanto declamati istituti di lingua che oggi prosperano e si moltiplicano dovunque. A condizione che siano tenuti da insegnanti di madrelingua, in genere i loro corsi sono efficaci. Non basta però essere madrelingue per essere bravi insegnanti. Chi sa nuotare non è necessariamente un bravo insegnante di nuoto. Esistono tecniche e serve una formazione per imparare l'arte dell'insegnamento. Ora, siccome l'inglese è una lingua molto richiesta, spesso il primo inglese che passa non ha difficoltà a spacciarsi per insegnante, soprattutto in Italia. Per avere garanzie di serietà è dunque preferibile rivolgersi a istituti riconosciuti da autorità del mondo anglofono o da loro emanazioni. Lo stesso vale per le altre lingue, anche se curio-

samente è nei corsi di lingue più rare e meno studiate che ho trovato i migliori insegnanti.
Ad esempio, sono sicuro che il mio insegnante di sloveno fosse in realtà un agente segreto, tanta era la precisione e l'efficacia delle sue lezioni, la convinzione con cui ci illustrava la secondo lui prodigiosa chiarezza della lingua slovena. Ho capito dopo che assieme alla lingua ci spacciava l'ideologia della Slovenia indipendente e della sua ritrovata lingua. Giorno dopo giorno praticò nella mia conoscenza un'invisibile ma esauriente epurazione etnica, spingendo fuori dalla mia testa tutte le parole di origine serba o croata che senza accorgermi avevo imparato dalla mia obsoleta grammatica slovena del tempo della Jugoslavia. Alla fin fine, quel che più mi resta del suo insegnamento non è tanto lo sloveno quanto la certezza che la Jugoslavia fosse un male da estirpare.

Ma c'è un'altra incognita che pesa come un macigno su tutti i corsi di lingua e che può trasformare in un inferno la linda e luminosa aula ornata di poster in cui mettete piede il primo giorno: i vostri compagni di corso. L'umanità è varia e difficilmente rappresentabile in una decina di individui, eppure può succedere che un concentrato delle persone più insopportabili del genere umano si ritrovi proprio nel vostro corso di lingua. Le figure più tipiche a me sono ormai note e potrei farne un rigoroso inventario. Mi limiterò ai caratteri più significativi. C'è sempre il preciso, il pedante, che prende nota di tutto e si fa un punto d'orgoglio a cogliere l'insegnante in fallo alla minima inesattezza. Quello che chiede come si dice "primavera" nel senso di "la bella bambina era ormai giunta alla sua decima primavera". Questo personaggio porterà in classe cospicui tomi con esempi di lingua che contraddicano quel che dice l'insegnante, arriverà perfino a contestare a grammatica aperta le più ovvie verità. Di solito dice di seguire il corso per necessità di lavoro e continua a ripetere che non è lì per perdere tempo. Poi c'è il tonto distratto che ride ogni volta che parla. Mastica la biro e perde regolarmente l'unico foglio sgualcito su cui scrive tutto. Negato per ogni pronuncia, è incapace di sentire la propria voce e si ostina a dire che sta pronunciando giusto. Dopo breve tempo, l'insegnante lo lascia pronunciare come vuole. Altra immancabile maschera è la secchiona che sa già tutto, che dovrebbe seguire un corso superiore di almeno due classi ma dice di non sentirsi sicura e che ha bisogno di ripasso. La secchiona risponde sempre giusto e poi si guarda attorno cercando invano segni di consenso per la sua bravura. Interviene sistematicamente per prima, conosce già tutte le risposte, ha già fatto tutti gli esercizi del libro e, se qualcuno esita con i più difficili, si mette a sbuffare o a socchiudere gli occhi per esprimere l'idea del sonno e della noia. La secchiona ride quando gli altri sbagliano e prendendo appunti nasconde il quaderno con la mano. È di solito una segretaria tuttofare e lavora in un'azienda a conduzione famigliare, non ha figli e segue anche corsi di ballo sudamericano. Poi c'è quella che fin dal primo giorno è in ansia per l'esame. A ogni nuovo capitolo del manuale chiederà se sarà compreso nella prova d'esame. Non cesserà mai di indagare sul contenuto del compito, sul tempo a disposizione, sull'aula in cui si svolgerà, sul metodo di valutazione, se in decimi o in centesimi, che tipo di errori saranno considerati gravi, se sarà ammesso l'uso del dizionario, del proprio quaderno, del righello. Per ingraziarsi le simpatie generali, porterà in classe immangiabili dolci, forse avanzi di feste di compleanno, precisando che li confeziona lei con le sue mani e che sono una specialità della sua regione. Sempre di regioni tristissime poi si tratta, desolate zone industriali devastate dalla crisi economica, campagne desertiche senza nulla da visitare. Questa figura di solito lavora in banca e studia lingue per motivi di formazione professionale. È autorizzata ad assentarsi dal lavoro per seguire le lezioni, ma se non supera l'esame i giorni del corso le vengono sottratti dalle ferie. Altro caso tipico è quello dello studente svogliato. Mandato al corso per punizione, a causa di un brutto voto sulla pagella, è lì per fare dispetto ai suoi genitori e dimostrare che il corso non serve a niente ai fini della promozione. Questo personaggio non aprirà nemmeno il libro, che terrà tutto scarabocchiato fra i gomiti, la testa poggiata il più delle volte fra le mani quando non si metterà a scrivere qualcosa di nascosto, a disegnare sempre la stessa figura geometrica, a sfogliare una rivista sulle ginocchia o a mandare messaggi con il telefonino. Infine ci sono io che non riesco mai a resistere alla tentazione di interrompere la lezione con le mie battute, per far ridere l'insegnante e le studentesse più carine. Poi imparo a memoria frasette eloquenti che ficco qua e là con grande disinvoltura, preparo in anticipo risposte spiritose per gli esercizi delle pagine successive, porto a lezione scritti trasgressivi e chiedo di studiarli in classe, mi diverto a punzecchiare la secchiona e a terrorizzare con catastrofici scenari la bancaria ossessionata dall'esame.

Dopo un anno di studio alla "inlingua", andai in Gran Bretagna per il mio primo corso all'estero. A Hastings, sulla Manica, ospite di una famiglia inglese assieme ad altri tre studenti italiani. Di inglese non imparai quasi nulla, tranne il menù del Wimpy Bar e un paio di insulti inutilizzabili, ma in compenso imparai a distinguere i vari accenti lombardi. Cosa che in questi tempi moderni può tornare utile. E questa è un'altra preziosa regola nello studio delle lingue: prima o poi tutto torna buono. Perfino il vecchio latino del liceo, quel po' di greco che m'è rimasto incrostato nel cervello, il tedesco delle avvertenze sui vagoni ferroviari o lo spagnolo delle canzoni di Julio Iglesias.

Solo molti anni dopo Hastings ritornai in Gran Bretagna e finalmente mi azzardai sugli alti trapezi della conversazione senza rete. A dire il vero, il primo salto fu catastrofico. Eppure lo preparavo da giorni, mi ci ero esercitato ancora più intensamente durante le ultime ore sul traghetto da Calais a Dover. Non poteva andarmi male. Salito sul treno per Londra, sapevo che lo avrei trovato. Era un timido signore inglese dal vestito gessato grigio con il giornale aperto alla pagina

del cruciverba e la valigetta nera appoggiata sulle ginocchia. Sedeva tranquillo in uno scompartimento vuoto senza sapere che aspettavo di incontrarlo da anni. Mi avvicinai, issai il mio zaino sul portabagagli e mi sedetti davanti a lui fissandolo intensamente.
"Do you open the window if I mind?"[1] chiesi di colpo con voce strozzata mescolando irrimediabilmente in due opposti tronconi la frase più semplice del mio manuale "inlingua", che tradotta dovette suonare più o meno così:
"Se a me dà fastidio, lei apre il finestrino?"
Credendo di avere a che fare con un hooligan continentale, il povero impiegato assunse in volto il colore del suo vestito, si irrigidì intimorito, abbassò gli occhi sul suo giornale e non si mosse più fino a Victoria Station. Io pensai con no-

[1] Anziché "Do you mind if I open the window?" (Le dispiace se apro il finestrino?)

stalgia a Pauline che invece avevo sempre fatto ridere, e cominciai a misurare la difficoltà di tradurre se stessi in un'altra lingua. Per la prima volta mi accorsi che in ogni lingua che fossi mai riuscito a parlare sarei sempre diventato un altro. Io come mi conoscevo, come volevo essere, potevo esistere solo in italiano e forse appena un poco anche in dialetto ferrarese.

Arrivai alla fine del liceo con un bagaglio di conoscenze linguistiche del tutto fallimentare. Il latino e il greco erano due sepolcri vuoti. Sotto il deserto del mio entusiasmo sentivo che il francese mandava ancora qualche segnale di vita, ma fin dove avrei dovuto scavare per recuperarlo? Quanto all'inglese, con uno studio così sconclusionato e lontano da ogni grammatica, era cresciuto brutto e storto, come una palma annaffiata male. Se tutto era da rifare sul fronte dei risultati, avevo almeno conquistato alcune solide certezze in materia di metodo che mi sarebbero state utili in futuro. Sembra banale, ma non è facile rendersi conto che, oltre un certo livello, lo studio delle lingue è un puro esercizio mnemonico. Una volta imparata la grammatica, non serve accanirsi a ripassarla per sentirsi mancare la terra sotto i piedi appena ci si accorge di non ricordare più qualche regola. Il collante di ogni lingua sono le parole. Più parole si padroneggiano, più le conoscenze acquisite si solidificano. C'è una grande differenza tra la conoscenza passiva e quella attiva delle parole. Capire una parola non è lo stesso che saperla usare in una conversazione. Sono le parole attive che tengono viva la conoscenza ed è solo parlando che non si dimentica. La lettura, l'ascolto, possono fungere da supporto, possono anche in certi casi aiutare a conservare la conoscenza attiva fino al successivo uso. Ma mai troppo a lungo. Esistono vari metodi per memorizzare parole, tutti purtroppo inesorabilmente noiosi. Ad esempio, si possono imparare per contesto, cioè tutte le parole che riguardano lo sport, la casa, la vacanza al mare. Oppure, a seconda delle lingue, per radicale, per etimo. Anche la somiglianza con la nostra lingua può aiutare. Studiando il finlandese, l'assoluta impossibilità di trovare appigli mnemonici per le sue ostiche parole mi indusse a sotterfugi molto sofisticati. Uno dei più acrobatici fu quello di associare alla vista di vari palazzi di Helsinki parole difficili o anche intere frasi che così mi vedevo scorrere davanti agli occhi e ripassavo nelle mie passeggiate. In tal modo, il mio vocabolario era sparso per la città e durante le lezioni dovevo pensare alla posta o alla banca, alla stazione o alla biblioteca nazionale per riuscire a parlare. Questo metodo ha l'inconveniente di essere provvisorio. Partito da Helsinki, ho irrimediabilmente perduto il mio vocabolario vivente di finlandese, e solo quando ricevo qualche cartolina della cattedrale o del porto ricordo le parole che vi ho abbinato. Un metodo più comune, efficace e anche divertente, è imparare filastrocche, canzoncine, poesie. Anche quelle per bambini. La prima cosa che faccio quando mi metto a studiare una lingua è comperare qualche disco di canzoni. Con il finlandese, anche in questo presi una solenne cantonata. Ancora troppo inesperto e incapace di decifrare copertine, scelsi per sbaglio un disco di marce militari. Con parole come *martiri*, *eroi*, *nemici sanguinari*, *spada*, *carro della vittoria*, *sacra patria*, *gloria ai caduti* si possono imbastire ben poche conversazioni amene. Mi andò meglio nei miei primi inizi con l'inglese, quando declamavo a Pauline la poesia *The Owl and the Pussy-Cat*, una storia d'amore fra un gufo e una gattina. Il gufo, occhialuto e a quei tempi anche foruncoloso, ero io. La gattina, imprendibile, maliziosa e provocante, era lei.

The Owl and the Pussy-Cat

The Owl and the Pussy-Cat went to sea
In a beautiful pea-green boat:
They took some honey, and plenty of money
Wrapped up in a five-pound note.
The Owl looked up to the stars above,
And sang to a small guitar,
"O lovely Pussy, O Pussy, my love,
What a beautiful Pussy you are,
You are,
You are!
What a beautiful Pussy you are!"

Pussy said to the Owl, "You elegant fowl,
How charmingly sweet you sing!
Oh! let us be married; too long we have tarried:
But what shall we do for a ring?"
They sailed away, for a year and a day,
To the land where the bong-tree grows;
And there in a wood a Piggy-wig stood,

With a ring at the end of his nose,
His nose,
His nose,
With a ring at the end of his nose.

"Dear Pig, are you willing to sell for one shilling
Your ring?" said the Piggy, "I will."
So they took it away, and were married next day
By the Turkey who lives on the hill.
They dined on mince and slices of quince,
Which they ate with a runcible spoon;
And hand in hand on the edge of the sand
They danced by the light of the moon,
The moon,
The moon,
They danced by the light of the moon.

Sarà superfluo ricordare che un solido apparato di canzoncine, barzellette e poesie in diverse lingue può sempre tornare utile all'uomo moderno ed essere opportunamente riciclato anche per scopi non linguistici.

Ai fini dell'apprendimento, è invece del tutto inutile scrivere freneticamente lunghi elenchi di parole ripromettendosi poi di studiarle. È quasi impossibile ricordarle. Il foglio scritto scoraggia quando addirittura non repelle, soffoca, addormenta. La parola va ripetuta ad alta voce e ritenuta con la memoria, possibilmente in un contesto. Scriverla è un diversivo. Sempre prigionieri di concetti antiquati, crediamo ancora che "verba volant sed scripta manent". Invece, le parole scritte raccolgono solo polvere. Ma non la pensava così la mia insegnante di lingua e cultura francese della scuola per interpreti, che passò nove mesi a illustrarci e dettarci parole, frasi idiomatiche e proverbi prelevati direttamente dal vocabolario. L'esame con lei fu davvero un duello all'ultima parola. Il primo che taceva era bocciato. Eppure quella caterva di parole è ancora lo zoccolo duro del mio francese, quello che non si estingue mai, marchiato col fuoco in una memoria giovane e ancora impressionabile.

Come mi ero solennemente ripromesso, l'estate della maturità mi concessi un premio: il mio primo viaggio a Parigi. Scontata la pena e uscito con relativamente pochi danni dal liceo, potevo ancora avere un futuro. Rifarmi una vita. Volli così avventurarmi nel paese della prima lingua straniera che aveva messo in me solide radici, con la speranza di ravvivare in tal modo il mio amore per le lingue. In più, avevo calcolato che Sylvie Vartan doveva avere più o meno trentaquattro anni. L'età di Pauline, quella giusta. Ero ancora in tempo. Ma anche la Francia doveva riservarmi grandi delusioni e grossi equivoci. Scesi dal treno a Parigi in un caldo 14 luglio. La città era in festa. Nei parchi e per le strade si ballava e si cantava. Io andavo incontro a tutti desideroso di parlare. Mi sembrava che i parigini avessero appena preso la Bastiglia e mi complimentavo spiritoso per la bella e riuscita rivoluzione con i *bouquinistes*, con i poliziotti, con gli

artisti di strada. Ma loro aggrottavano le sopracciglia, tendevano l'orecchio dapprima incuriositi, poi presto infastiditi. Non mi capivano. Infine, in una birreria, un barista a cui avevo chiesto una birra mi porse un gettone del telefono e mi domandò:
"Êtes-vous québecquois, jeune homme?"
(Giovanotto, lei viene forse dal Québec?)
Quella sera, invece di ballare al ritmo delle mille fisarmoniche e mescolarmi alla folla in festa, andai a nascondermi in un campeggio della più lontana periferia. Ma anche lì mi aspettava una cocente umiliazione. All'accettazione il portiere mi chiese:
"Combien de personnes?" (Quante persone?)
Non volevo rispondere con un banale "une". Troppo semplice. Volevo fargli sentire che io il francese lo sapevo, diamine! Così complicai dicendo:
"C'est moi et ma tente" che vuol dire "io e la mia tenda". Ma "tente" e "tante"

("tenda" e "zia") in francese si pronunciano allo stesso modo, e allora vidi affiorare un sorriso beffardo sul volto del portiere.
"Ah! Vous et votre tante?" ripeté rivolgendomi uno sguardo fintamente confuso. Mi spazientii. Proprio con me voleva mettersi a fare scioglilingua l'importuno?
"Mais non, c'est pas une tante. C'est une tente! Une tente à camping!" (Ma no, non una zia. Una tenda! Una tenda da campeggio!) precisai spicciativo e irritato sperando così di aver liquidato ogni ulteriore equivoco. Invece, dietro il vetro dell'accettazione si era improvvisamente radunato un piccolo capannello di persone che ridevano a crepapelle. Campeggiatori, impiegati, fornitori, marocchini addetti alla spazzatura, tutti ridevano e ripetevano:
"C'est une tante à camping!"
Non sapevo allora che "tante" in francese gergale è anche l'amichetto di un omoses-

suale. Insomma, era come se avessi detto che a registrarci in quel campeggio eravamo io e la mia checca: una checca da campeggio.

Avevo così orrendamente scoperto che il francese del *Nouveau cours de Français*, quell'altra più cupa lingua della severa grammatica del professor Giacomini e del compendio di letteratura del liceo, erano lingue morte, come il latino e il greco. A nulla era servita la mia sincera commozione per le belle gambe della mia insegnante delle medie, il mio supremo desiderio di farla contenta. A nulla erano valsi i miei nove sulla pagella. Le cartoline di Sylvie Vartan me le mandava il suo ufficio stampa, la sua firma era finta, come la sua simpatia per me, come il mio francese, lingua di libro, che avevo imparato per sentito dire, da bugiarde bocche italiane.

Finisce con questa disfatta la mia carriera linguistica scolastica. Da qui in poi racconterò come su queste labili fondamenta passai allo studio professionale delle lingue, malgrado tutto deciso più che mai a farne il mio mestiere.

La Scuola per interpreti dell'Università di Trieste non è una facoltà universitaria, è una caserma. Non forma interpreti, ma marine. Quell'anno fummo in ventitré a superare l'esame di ammissione per la lingua fondamentale francese. Quattro anni dopo eravamo rimasti in tre. Il primo giorno di lezione, il marziale triumvirato che rappresentava le tre sezioni linguistiche di inglese, francese e tedesco ci diede un ruvido benvenuto avvertendoci che se ci eravamo iscritti per imparare le lingue, quello era il posto sbagliato. "Chi entra alla Scuola per interpreti di Trieste, le lingue deve già saperle. Qui è la tecnica dell'interpretazione che si insegna. La sfida elettrica della simultanea, la lotta all'arma bianca della consecutiva, il corpo a corpo dello chuchotage!" Così parlò il nostro sergente pochi giorni dopo, passando severamente in rassegna la nostra disinvoltura grammaticale e ancora di più la nostra pronuncia. Ovviamente, io ero quello che nell'analoga situazione di un film di guerra ha la divisa abbottonata male, lo zaino storto e il fucile infilato alla rovescia. Fui aspramente strigliato, minacciato di espulsione, costretto ai più duri esercizi. Passai le notti ad ascoltare i programmi di Radio Sofia in francese per cercare di esercitarmi nella comprensione. Per migliorare la pronuncia, parlavo da solo, in autobus, in strada, ripetendo a memoria le pagine del micidiale quaderno di lingua e cultura francese. Conquistai sotto la minaccia la erre moscia che neppure il sorriso di Sylvie Vartan era riuscito a suscitare in me. Dopo due anni di traduzioni senza vocabolario, di brutali esercizi di memorizzazione, di aridi addestramenti fonetici, dopo essere rimasto senza voce a furia di parlare davanti ai microfoni del laboratorio linguistico, dopo raffiche di esami passati sul filo del rasoio, mi ritrovai infine dentro una cabina, con la cuffia in testa e il blocco della traduzione consecutiva carico di fogli. Erano le nostre prime grandi manovre. Alla fine dell'esercizio ci si parò davanti lo stato maggiore al completo. Parlò la professoressa più anziana:

"Chi credete che verrà a porgervi il filo del discorso quando lo avrete perso nel bel mezzo di un congresso? Chi verrà a riempire i vostri mugugnanti silenzi? Chi tradurrà per voi le decine di parole che vi sarete lasciati indietro? Chi trasformerà il no in sì quando lo avrete già pronunciato? In simultanea ogni parola spesa è definitiva. Non è più possibile ritirarla, e correggerla costa secondi preziosi. Nuove frasi vi incalzeranno mentre voi sarete ancora alle prese con le correzioni. Décalage, serve! Décalage[2]! Guardare alla frase, mai alla parola! Quando si guida non si guarda il cofano, ma il fondo della strada. Di là vengono i pericoli. Il vero interprete non traduce parole, ma significati. Noi non siamo altro che il prolungamento del cervello e della bocca dell'oratore che traduciamo. Non abbiamo pensieri, non abbiamo idee. Ma dentro di noi filtriamo e rendiamo più chiare quelle degli altri!"

La tradizione vuole che il vero interprete si veda dalla consecutiva, prova estrema, che obbliga a ricostruire il discorso dell'oratore sulla base di una serie di appunti. Esistono una tecnica precisa e simboli convenzionali per prendere questi appunti, a

[2] Il "décalage" è lo stacco di tempo che intercorre in traduzione simultanea fra la voce dell'oratore e quella dell'interprete.

metà fra la stenografia e la scrittura geroglifica. Ma alla fine ogni interprete si conia i propri, indecifrabili simboli. I segni della sua personale follia. Nella consecutiva, quel che conta soprattutto è saper riassumere con la massima concisione, annotare soltanto l'essenziale, mai l'accessorio. Nei suoi misteriosi percorsi, talvolta la memoria se li tira dietro ugualmente i dettagli rimasti impigliati in un segno, addirittura in un oggetto della sala, in un volto, in una luce, in una scarpa slacciata. Ma proprio perché si compie senza rete, la consecutiva è la più difficile delle arti interpretative. Una volta acquisita la tecnica, è tutto sommato relativamente facile aggrapparsi a una voce come si fa nella simultanea e infilzare a una a una le parole che escono dall'auricolare. Nella consecutiva l'interprete è invece solo davanti alla sua platea. Quel che deve dire è già stato detto e incombe incompreso sopra di lui in attesa di essere rivelato. L'interprete di consecutiva deve sintetizzare senza impoverire, deve saper convincere senza insistere, deve essere più gradevole da ascoltare dell'oratore stesso, ma deve onestamente consegnargli l'applauso che lui raccoglie ma che all'altro spetta.

Prima di venire a torturare noi, sicuramente la nostra insegnante di consecutiva avrà lavorato in un campo di addestramento della Legione straniera. Ci fece strisciare nella sabbia di discorsi tecnici pronunciati a velocità insostenibili. Ci fece scavalcare il filo spinato di sofisticate arringhe, di melliflui convenevoli, di insidiose ironie. Ci fece dare l'assalto a incalzanti dibattiti, a focose polemiche, a solenni comizi. Tracciando qualche breve segno a margine delle pagine del discorso che ci aveva letto, ascoltava senza una smorfia le nostre traduzioni quando, con la voce rotta dall'emozione, ognuno di noi sfogliava febbrilmente il proprio blocco di appunti spremendo da ogni simbolo di consecutiva tutto quel che conteneva. Poi cadeva il silenzio sui banchi, sui nostri capi chini. Le parole ormai pronunciate, sempre imprecise, sempre incomplete, volteggiavano ancora un poco nell'aria prima di evaporare. E noi così speravamo che fossero perdute per sempre, irrecuperabili, dimenticate. Ma no! Lei le ricordava immancabilmente tutte. E di ognuna ci chiedeva di rendere conto. Assomigliavano ai processi politici della Cina di Mao le nostre lezioni di consecutiva. L'autocritica, la confessione, il riconoscimento della colpa era quel che si voleva da noi. Liberava gli inetti da ogni velleità di divenire interpreti e caricava gli altri d'una forza di volontà inaudita.

Inevitabilmente, ogni sezione linguistica della Scuola per interpreti rispecchiava un poco il carattere nazionale dei paesi che parlavano quella lingua. I professori francesi erano napoleonici e cartesiani, gli inglesi erano flemmatici e snob, i tedeschi erano marziali e intransigenti. Noi studenti eravamo gli internati di quel grande centro di addestramento reclute. Ma essere prigionieri dei tedeschi era ben peggio che essere sotto la custodia di francesi o inglesi, sempre severi e spocchiosi ma tutto sommato benevoli anche nella punizione. La sezione di tedesco era invece la Guantanamo della Scuola per interpreti, e ogni simultanea un processo di Norimberga. Dalle aule dell'ultimo piano sentivamo talvolta provenire grida che non ci saremmo aspettati da insegnanti, seppur bionde e imponenti, comunque sempre composte nei loro tailleur abbottonati e nelle loro vaporose permanenti. Di colpo la porta si spalancava con uno schianto e qualche studentessa correva via in lacrime gettando libri e carte per il corridoio.

Nella sezione tedesca le bocciature erano una sbrigativa fucilazione. In quella francese erano un lungo e chiassoso processo che si concludeva sulla ghigliottina. Quanto agli inglesi, loro no, non uccidevano: con un'alzata di spalle, negavano sprezzanti l'accesso al club.

Merita qui un capitolo a parte la vasta panoplia dei miei soggiorni all'estero, tutti miranti a migliorare le mie competenze linguistiche. Come ho già accennato in precedenza, il viaggio di studio può rivelarsi un vero fallimento se non garantisce la totale immersione. Ma nelle mie tasche di studente non c'erano abbastanza soldi per pagarmi un soggiorno in un college dove, oltre allo studio, avrei potuto dedicarmi all'esclusiva frequentazione di giocatori di cricket o di biliardo, allo scrabble, al bridge e al teatro shakespeariano. Dovetti così accontentarmi della soluzione del lavoro temporaneo, che mi permetteva di mescolarmi ai nativi guadagnandoci anche qualche soldo. Mentre la libera circolazione dei lavoratori era ancora un balbuziente progetto, io coraggiosamente esordii nel duro mercato internazionale del lavoro con un posto di "kitchen assistant" in un Butlin's Holiday Centre, un villaggio turistico della più infima categoria sulla costa sudorientale dell'Inghilterra. Pensandomi "kitchen assistant", avevo immaginato che sarei stato incaricato di sostenere il coperchio a un magistrale cuoco mentre mostrava orgoglioso la sua anatra all'arancia a esigenti commensali. O che avrei montato a neve albumi e fitte panne per conto di un sofisticato pasticciere dai baffi a manubrio e dai modi effeminati. Invece mi ritrovai con un paio di stivali ai piedi a spazzare l'immondizia nelle cucine industriali di un fast-food. I miei compagni di lavoro erano avanzi di galera, giovani spacciatori appena usciti dal riformatorio, minatori disoccupati e profughi ciprioti. Inutile dire che il mio accento ne soffrì. Non capivo quasi nulla dell'inglese dei miei colleghi, che del resto si riduceva a raffiche di parolacce inframmezzate da imprecazioni. Ma se non altro, negl'infimi bassifondi di ogni società europea vige da sempre la più totale chiarezza in materia di rapporti internazionali. Per la feccia, i cliché che ogni popolo si tira dietro sono legge e a nessuno verrebbe mai in mente di metterli in discussione. Così io, da italiano, ero considerato inevitabilmente seduttore, infido, furbo e vendicativo. Avevano paura di me i miei patibolari compagni. Pensavano che di sicuro dovessi nascondere un coltello da qualche parte. Incredibilmente, mi rispettavano. Fra il personale del Butlin's solo una categoria di impiegati era reclutata fra persone normali e dalla fedina penale pulita: le giubbe rosse. Le giubbe rosse, selezionate anche secondo vaghi criteri estetici, erano ragazzi e ragazze addetti all'animazione e all'accettazione dei turisti. Tutti sportivi e atletici, molti sapevano cantare e anche ballare. Alloggiavano in una parte amena e ridente del villaggio: una linda fila di cottage a ridosso del mare. I ragazzi indossavano pantaloni blu, le ragazze una gonna bianca sopra la giubba rossa e portavano sulla testa un grazioso cappellino azzurro con le insegne del Butlin's. Feci presto a intuire che solo fra le giubbe rosse avrei potuto migliorare il mio inglese. E sbilanciarmi, volendo, in un approccio. Davanti agli occhi dei miei compagni confermai così con onore la prima voce del mio cliché di italiano quando feci la conoscenza di Deborah, una ragazza dagli occhi verdi e dai modi delicati. Coraggiosamente, la invitavo al pub sfidando la rivalità dei suoi aitanti colleghi che per ripicca mi trascinavano in colossali bevute da cui non sarei mai uscito in piedi senza il sostegno e l'accorto consiglio dei miei compagni di cucina. Facevano un caloroso tifo per me e mi proteggevano dalle derive aggressive dei miei rivali. Perché era un lustro per tutta la categoria che un "kitchen assistant" frequentasse una giubba rossa. Ma con Deborah, dopo i primi tempi la conversazione ristagnava. La mia stentorea padronanza della lingua, il mio vocabolario limitato, anche la difficoltà di sentire la sua voce quasi bisbigliata nel frastuono del pub, erano tutti seri ostacoli alla nostra frequentazione. Cercavamo faticosamente di raccontarci i nostri progetti futuri e lei, che studiava moda in un istituto londinese, una sera espresse apprezzamento per il mio giubbetto double-face. Fu quell'innocente parola a sbloccare la situazione. Da come la pronunciò, capii che Deborah sapeva il francese. E nella lingua di Sylvie Vartan mi rivelò di aver vissuto più di un anno in

Francia. Scoppiammo a ridere, sollevati entrambi da quella fortunosa scoperta, e brindammo a sidro per celebrare la nostra rinata amicizia. Così di nuovo Sylvie e Pauline si fusero per me in un unico sussurro. E mentre nella bocca di Deborah la erre inglese si mescolava a quella francese, nella mia mente si moltiplicava la confusione. Non miglioravo in nessuna lingua, ma almeno le parlavo tutt'e due.

Come ogni inglese che si rispetti, Deborah aveva un'adorazione per la posta e il pallino della corrispondenza. Iniziai così grazie a lei a praticare un esercizio che può essere prezioso per l'apprendimento di una lingua: la composizione epistolare. Imparai da Deborah anche le buone maniere della corrispondenza. Lei mi scriveva con la stilografica, su una bella carta giallina, con l'indirizzo svolazzante e il mittente in carattere più piccolo, e allora abbandonai la ruvida carta a quadretti dei miei blocchi di consecutiva per comperare anch'io fogli fini e buste foderate color avorio che vergavo con la mia più bella grafia in un inchiostro blu notte. Nei nostri mensili invii io e Deborah ci raccontavamo prosaiche banalità. Come sta la famiglia, come vanno gli studi, il tempo, le letture, i progetti per l'estate. Ma quel periodico rendiconto rafforzava le mie conoscenze, arricchiva il mio vocabolario, lo rendeva fresco e aggiornato. Imparavo le forme dello scrivere, le parole colloquiali accanto a quelle più formali, cominciavo a padroneggiare i percorsi dell'inglese scritto, l'uso corretto dei tempi, così arido da studiare sui libri. Le amicizie epistolari inglesi sono di una fedeltà disarmante. Da venticinque anni conosco Deborah e da venticinque anni non si è mai scordata di mandarmi il biglietto di auguri per Natale, anche nei tempi in cui io vergognosamente la trascuravo e non sentivo più interesse per quella remota frequentazione. Oggi ancora ci scriviamo, tre o quattro volte all'anno. Potremmo farlo più spesso con la posta elettronica. Ma entrambi sentiamo che la nostra amicizia ha bisogno di carta fine e di penna stilografica. Anche se è sempre del tempo e della famiglia che parlano le mie lettere, non sono parole qualsiasi quelle che scrivo a Deborah. Sono per me le più sacre, le prime che riuscii a mettere insieme nella lingua inglese.

Per dare un colpo al cerchio e uno alla botte, l'estate successiva cercai lavoro in Francia. Mi assunse Germain, agricoltore dell'Yonne, che aveva bisogno di un aiuto stagionale. Ecologista della prima ora, Germain coltivava ortaggi senza diserbanti chimici nella campagna dietro la scuola dove sua moglie Monique faceva la maestra. Nella famiglia c'erano anche due chiassose bambine che guardai con sospetto entrando nella vecchia masseria di pietra ai margini del paese. Ma Germain mi spiegò che come ogni estate sarebbero presto partite per la Normandia, in villeggiatura dalla nonna, e non sarebbero ritornate che a settembre. Questo mi rassicurò, perché non c'è nessuno di più spietato dei bambini con chi parla male una lingua. Non avevo l'intenzione di diventare il bersaglio delle prese in giro di due smorfiose alle quali in più non avrei potuto torcere un capello. Nella precaria fattoria di Germain c'era da diserbare a mano interi campi di carote, da annaffiare le insalate, da raccogliere i fagiolini, i piselli, le zucchine e le patate. Poi bisognava anche occuparsi del bosco, dei polli e dei conigli. E due volte alla settimana c'era il mercato a Auxerre. Il lavoro era duro e la sera cadevo in preda a solidi sonni. Ma finalmente avevo trovato l'immersione completa che tanto desideravo. Alloggiavo nella mansarda e dall'abbaino vedevo il dolce paesaggio delle colline fino alla punta dei campanili di Auxerre. La Francia era ai miei piedi. Germain mi lasciava guidare la sua Renault 4 che mandava un'alta scia di polvere sulle strade bianche della campagna. Imparai a distinguere i funghi e a riconoscere gli alberi. La mia lingua si arricchiva di proverbi e modi di dire, il mio accento si raffinava, diventava sempre meno "québecquois". Era soprattutto al mercato che mi divertivo, quando pubblicizzavo gridando tra la folla la qualità delle verdure di Germain. La sera a cena avevo ancora ottime occasioni di parlare e di ascoltare. Poi c'era la televisione e qualche sabato le uscite in città. Mentre io e Germain lavoravamo in campagna, Monique a casa cuoceva marmellate e altre conserve da vendere al mercato, riordinava, faceva il bucato e ci preparava il pranzo. Ma un mezzogiorno, tornando da Auxerre, trovammo Monique sulla strada che ci aspettava contrariata. Aveva appena telefonato la nonna per avvertire che era costretta a rispedire a casa le nipotine. L'improvviso malore di una parente la richiamava a Parigi. Questo complicava le cose, perché se doveva occuparsi delle figlie Monique non avrebbe avuto tempo per le marmellate, che invece andavano a ruba al mercato e permettevano di smaltire la frutta invenduta. Germain rifletté qualche giorno e infine decise di prendere una babysitter. Arrivò una settimana dopo. Si chiamava Jane. Era inglese. Venne alloggiata nell'altra mansarda della casa. Che in capo a due giorni imparai a raggiungere dal tetto attraverso il mio abbaino. Mi piegai così umilmente all'imperscrutabile volontà del Dio sconosciuto che a ogni costo voleva farmi praticare il francese in Inghilterra e l'inglese in Francia.

Anche grazie ai miei pur eccentrici soggiorni linguistici, lentamente ma solidamente si confermavano i miei progressi. A Trieste venni insignito dei primi gradi e ammesso alle esercitazioni del corpo d'élite. La mia reputazione si consolidava mese dopo mese. Potevo dunque diventare davvero un interprete. I miei insegnanti cominciarono a subappaltarmi lavori di simultanea e consecutiva. Gli studenti più giovani mi guardavano con soggezione. Perfino i professori della sezione tedesca adesso mi salutavano incontrandomi in corridoio.

Negli anni seguenti lavorai anche a Londra, come portiere notturno in un albergo di quaccheri americani e come barista in un pub di canottieri, poi a Parigi, dove in una pasticceria mi venne affidato il delicato compito di iniettare marmellata nei croissant. Ma fu nell'ultimo, inutile soggiorno in Inghilterra che fui punito di ogni mia presunzione. Mi mancava solo la tesi quell'estate, e avrei fatto meglio a cominciare a scriverla. Eppure un segreto richiamo mi spinse a espatriare di nuovo. L'annuncio sul giornale offriva un posto di sorvegliante in una colonia estiva per studenti liceali. Mi immaginai coccolato da decine di sbarbine, tutte prigioniere del cliché che al Butlin's Holiday Centre mi aveva insperatamente favorito. Avrei potuto esercitare indisturbato il mio ora più raffinato inglese sia con le locali giubbe rosse che con le vacanziere. Insomma, sentivo che un'estate di proficuo perfezionamento mi aspettava. Ma avevo capito male l'annuncio. Invece di fresche liceali, trovai una torma di pestiferi ragazzini delle elementari che dovevo ogni giorno scortare in passeggiate, partite a cricket, cinema e piscina. Mi trattarono come il domestico pakistano dei loro papà yuppie, deridendo fino all'ultimo i miei errori di pronuncia. Mi affibbiarono mille nomignoli offensivi, mi insultarono come non si erano mai permessi di fare neppure gli avanzi di galera del Butlin's, mi bersagliarono con i loro stupidi scherzi. Anche linguisticamente, da quell'ultimo, orrido soggiorno ricavai ben poco: qualche conta per le partite a nascondino, un paio di filastrocche, un pugno di scurrilità e dieci modi diversi per nominare l'organo sessuale maschile nel gergo dei bambini di buona famiglia londinese. Fortunatamente riuscii a trovare estrema consolazione nell'amicizia di Kate, la cuoca. Una solida ragazzona che avrebbe potuto sollevarmi di peso senza fare una grinza. Nelle mie ore di libertà andavo a trovarla in cucina. Le offrivo un aiuto in cambio di un poco di conversazione. Con la mano sul cuore, le avevo spiegato che quello dell'esercizio linguistico era il mio unico movente. Anche qui il cliché dell'italiano funzionò a meraviglia. Reputato grande buongustaio e abile cuoco solo per la mia provenienza, ogni tanto impastavo per i miei colleghi una terribile pizza con Emmenthal al posto della mozzarella che loro però trovavano deliziosa. Così la sera, quando i ragazzini erano finalmente rinchiusi in camerata con le loro sorveglianti e il resto del personale del villaggio si riuniva nella grande sala al primo piano giocando a biliardo o a freccette in attesa della cena, io raggiungevo Kate tra i fornelli. Sospettosa sulle mie intenzioni e restia a lasciarmi troppo spazio nel suo regno, la cuoca mi assegnava sempre lavori ingrati. Li eseguivo con l'umiltà che lei voleva da me. L'ultima corvé prima del premio della conversazione erano le patate. Ne versavo tre sacchi nella pelatrice, accendevo il motore al minimo, puntavo la minuteria e poi finalmente potevo intrattenermi con la mia nuova amica. Nella lontana Glasgow, la ragazzona aveva un fidanzato giocatore di rugby, che per fortuna non venne mai a trovarla. Questa rude frequentazione le aveva permesso di imparare un ricco repertorio di canzoni dai contenuti osceni che divennero presto l'argomento privilegiato dei nostri dialoghi. Io non capivo le espressioni gergali delle "rugby songs", ma Kate premurosa me le spiegava, aiutandosi a volte con un'eloquente mimica che in breve prese a turbarmi. Gelosa dei miei successi culinari, da me la cuoca voleva sapere gli arcani della cucina italiana, dove mettere la salvia e dove il rosmarino, a cosa serve il timo e come si usa l'olio d'oliva. Così maturò fra noi un desiderio di scambio. Ricette di cucina in cambio di canzoni oscene. Ma presi da ben altri scambi, una sera non sentimmo la suoneria della pelatrice. Quando corsi a spegnerla, le patate erano diventate grandi come ciliege. Le saltai in padella con burro e latte. Al piano di sopra raccontammo che era un'altra ricetta italiana.

Di tutte le sofisticate acrobazie linguistiche che imparai a compiere alla Scuola per interpreti, c'è un semplice esercizio che mi sento di consigliare al comune studente di lingue: la traduzione a vista. Anche se non si persegue l'obiettivo della competenza nel campo della traduzione, prendere un articolo di giornale e tradurlo in una lingua straniera mentre lo si legge per la prima volta è un ottimo modo di rendersi spigliati memorizzando parole in un contesto compiuto. Sarà molto utile, prima di lanciarsi in questo esercizio, leggere qualche articolo dello stesso argomento nella lingua straniera. Internet è una miniera per questo tipo di materiale.

Ovviamente, la traduzione va fatta ad alta voce. Se poi ci si volesse spingere fino a tentare un riassunto del testo con le proprie parole, questo non potrà che irrobustire la padronanza della lingua. La lettura è uno strumento classico di studio linguistico, ma non è necessario affrontare la più alta letteratura per farsi un buon vocabolario. Anzi, di solito serve a poco leggere solo grandi scrittori, se il loro lessico è desueto. La migliore ricetta è leggere di tutto, anche la posologia dei medicinali, le istruzioni della lavastoviglie, la Bibbia, le vignette umoristiche, i fumetti, le riviste di taglio e cucito, le insegne luminose, i necrologi, le inserzioni pubblicitarie o gli oroscopi. Come ho già ricordato, la memoria è lo strumento fondamentale nello studio delle lingue, e perché sia efficace va esercitata in continuazione. La nostra insegnante di simultanea inglese aveva sviluppato per noi un sofisticato sistema di addestramento mnemonico associato alla pratica della simultanea che dava risultati miracolosi, anche se come effetto primario ci riduceva il cervello in poltiglia. Mentre il suo lettore di madrelingua texana ci sciorinava un discorso di Reagan da tradurre in simultanea, appostata dietro il vetro delle nostre cabine lei ci mostrava una dopo l'altra le carte da gioco che pescava alla rinfusa da un mazzo. Vinceva chi, oltre alla traduzione corretta, riusciva a fornire la sequenza esatta delle carte, ovviamente senza prendere appunti. Un'analoga acrobazia era quella di costringerci, oltre a tradurre il solito discorso di Reagan, a memorizzare la lista della spesa, o l'itinerario di una gita nel Kent. Noi dovevamo così porgere un orecchio a Reagan e l'altro a patate, carote, farina, zucchero, miele, prosciutto, burro, uova, piselli, rape, latte, aglio, cipolle, cacao, un chilo di manzo, cannella, estratto di carne e pancetta, oppure la strada per Whitstable, Margate, Ramsgate, Sandwich, Deal, Dover, Folkestone, Hythe, Ashford, Charing, Lenham, Maidstone, Gillingham con traguardo a Sheerness, naturalmente in buon ordine e senza saltare le tappe. Con un simile addestramento eravamo diventati pesi massimi della memoria. Nei miei anni verdi ero capace di ricordare numeri di telefono a sei o sette cifre senza battere ciglio. Fu nello scrupolo di mantenere una così impressionante muscolatura, ed esercitare allo stesso tempo la mia pronuncia, che elaborai un repertorio di canzoni da doccia di cui ancora oggi mi avvalgo, sempre senza prestare ascolto al disfattismo di chi mi accusa di essere stonato. Lo riporto appresso, a titolo indicativo, nella speranza che possa servire da orientamento a chi volesse seguire il mio esempio, forse poco scientifico ma sicuramente efficace.

Per l'inglese suggerisco Cat Stevens, bella pronuncia britannica, testi poetici anche se un poco criptici. Offre anche il vantaggio di disturbare poco, salvo in qualche acuto. *Father and Son* è una canzone piena di saggezza. La cantavo davanti ai falò sulle spiagge di Teignmouth assieme al mio amico Adrian che suonava la chitarra e mi fregava regolarmente la ragazza.

Father and Son

It's not time to make a change,
Just relax, take it easy.
You're still young, that's your fault,
There's so much you have to know.
Find a girl, settle down,
If you want you can marry.
Look at me, I am old, but I'm happy.

I was once like you are now, and I know
that it's not easy,
To be calm when you've found something going on.
But take your time, think a lot,
Why, think of everything you've got.
For you will still be here tomorrow, but your
dreams may not.

How can I try to explain, when I do he turns
away again.
It's always been the same, same old story.
From the moment I could talk I was ordered to listen.
Now there's a way and I know that I have to go away.
I know I have to go.

It's not time to make a change,
Just sit down, take it slowly.
You're still young, that's your fault,
There's so much you have to go through.
Find a girl, settle down,
If you want you can marry.
Look at me, I am old, but I'm happy.

All the times that I cried, keeping all the things
I knew inside,
It's hard, but it's harder to ignore it.
If they were right, I'd agree, but it's them you
know not me.
Now there's a way and I know that I have to go away.
I know I have to go.

Sempre in ricordo di certe tignose vanità giovanili, conservo nel mio repertorio anche *Wonderful Tonight* di Eric Clapton e *The Long and Winding Road* dei Beatles. Della prima mi piace il sereno calore, la calda certezza del sentimento, il ritmo lento e ricco di pause che così bene si presta a insaponatura e risciacquo. Della seconda mi commuove lo struggimento. La strada tortuosa davanti alla porta chiusa oggi mi manca. Con vocabolario scarno ma di uso comune, non richiedono una gran voce e sono entrambe più adatte al bagno che alla doccia.

Wonderful Tonight

It's late in the evening, she's wondering what clothes
to wear,
She puts on her makeup, and brushes her long
blond hair.
And then she asks me, "Do I look alright?"
And I say yes, you look wonderful tonight.
We go to a party, and everyone turns to see,
This beautiful lady, that's walking around with me.
And then she asks me, "Do you feel alright?"
And I say yes, I feel wonderful tonight.
I feel wonderful because I see the love light
in your eyes,
And the wonder, of it all.
Is that you just don't realize

How much I love you.
It's time to go home now, and I've got an aching head,
So I give her the car keys, and she helps me to bed.
And then I tell her, as I turn out the light,
I say my darling, you are wonderful tonight.
Oh my darling, you are wonderful tonight.

The Long and Winding Road

The long and winding road that leads to your door,
Will never disappear,
I've seen that road before
It always leads me here, leads me to your door.
The wild and windy night the rain washed away,
Has left a pool of tears crying for the day.
Why leave me standing here, let me know the way
Many times I've been alone and many times I've cried
Anyway you'll never know the many ways
I've tried, but
Still they lead me back to the long and winding road
You left me standing here a long, long time ago
Don't leave me waiting here, lead me to your door.

Per il francese suggerisco invece *Le métèque* e *Ma solitude* di Georges Moustaki. Facili da cantare, permettono a chi ha voce anche qualche virtuosismo. La prima, tradotta in italiano con il titolo *Lo straniero*, rappresenta in fondo la condizione di tutti quelli che hanno la passione per le lingue. Siamo sempre stranieri, noi poliglotti, all'estero come nel nostro paese, figli di un altrove che non ci stanchiamo di cercare ma che esiste solo nelle nostre fantasie. La seconda è un inno alla solitudine, quella tenace ma tanto dolce che accompagna ogni viaggio, ogni estraniamento. Bisogna essere soli per viaggiare. Privi di ogni compagnia, per andare incontro agli altri senza fare loro paura.

Le métèque

Avec ma gueule de métèque,
De juif errant, de pâtre grec
Et mes cheveux aux quatre vents,
Avec mes yeux tout délavés
Qui me donnent l'air de rêver,
Moi qui ne rêve plus souvent,
Avec mes mains de maraudeur,
De musicien et de rôdeur
Qui ont pillé tant de jardins,

Avec ma bouche qui a bu,
Qui a embrassé et mordu
Sans jamais assouvir sa faim.

Avec ma gueule de métèque,
De juif errant, de pâtre grec,
De voleur et de vagabond,
Avec ma peau qui s'est frottée
Au soleil de tous les étés
Et tout ce qui portait jupon,
Avec mon coeur qui a su faire
Souffrir autant qu'il a souffert
Sans pour cela faire d'histoires,
Avec mon âme qui n'a plus
La moindre chance de salut
Pour éviter le purgatoire.

Avec ma gueule de métèque,
De juif errant, de pâtre grec
Et mes cheveux aux quatre vents,
Je viendrai, ma douce captive,
Mon âme soeur, ma source vive,
Je viendrai boire tes vingt ans
Et je serai Prince de sang,
Rêveur ou bien adolescent,
Comme il te plaira de choisir;
Et nous ferons de chaque jour
Toute une éternité d'amour
Que nous vivrons à en mourir.

Et nous ferons de chaque jour
Toute une éternité d'amour
Que nous vivrons à en mourir.

Ma solitude

Pour avoir si souvent dormi
Avec ma solitude
Je m'en suis fait presqu'une amie
Une douce habitude.
Elle ne me quitte pas d'un pas
Fidèle comme une ombre
Elle m'a suivi çà et là
Aux quatre coins du monde.

Non, je ne suis jamais seul
Avec ma solitude.

Quand elle est au creux de mon lit
Elle prend toute la place
Et nous passons de longues nuits
Tous les deux face à face
Je ne sais vraiment pas jusqu'où
Ira cette complice
Faudra-t-il que j'y prenne goût
Ou que je réagisse?

Non, je ne suis jamais seul
Avec ma solitude.

Par elle, j'ai autant appris
Que j'ai versé de larmes
Si parfois je la répudie
Jamais elle ne désarme
Et si je préfère l'amour
D'une autre courtisane
Elle sera à mon dernier jour
Ma dernière compagne.

Non, je ne suis jamais seul
Avec ma solitude
Non, je ne suis jamais seul
Avec ma solitude.

C'è anche una canzone di Aznavour che mi piace ricordare. *Comme ils disent*, bella e disperata, offre un vocabolario ricco e raffinato e quel tipo di rima quasi casuale che fa tanto bello il francese. Più difficile da cantare, richiede un certo pathos e molta acqua calda. È la storia di un omosessuale, di un travestito che fa lo spogliarello in un locale notturno. Ma non siamo in fondo tutti dei travestiti, dei disadattati, noi che vogliamo parlare la lingua degli altri?

Comme ils disent

J'habite seul avec maman
Dans un très vieil appartement
Rue Sarasate
J'ai pour me tenir compagnie
Une tortue, deux canaris
Et une chatte.

Pour laisser maman reposer
Très souvent je fais le marché
Et la cuisine
Je range, je lave, j'essuie
A l'occasion je pique aussi
A la machine.

Le travail ne me fait pas peur
Je suis un peu décorateur
Un peu styliste
Mais mon vrai métier, c'est la nuit
Que je l'exerce, travesti
Je suis artiste
J'ai un numéro très spécial

Qui finit en nu intégral
Après strip-tease
Et dans la salle je vois que
Les mâles n'en croient pas leurs yeux
Je suis un homo, comme ils disent.

Vers les trois heures du matin
On va manger entre copains
De tous les sexes
Dans un quelconque bar-tabac
Et là, on s'en donne à coeur-joie
Et sans complexes.

On déballe des vérités
Sur des gens qu'on a dans le nez
On les lapide
Mais on le fait avec humour
Enrobé dans des calembours
Mouillés d'acide.

On rencontre des attardés
Qui pour épater leur tablée
Marchent et ondulent
Singeant ce qu'ils croient être nous
Et se couvrent, les pauvres fous
De ridicule.

Ça gesticule et parle fort
Ça joue les divas, les ténors

De la bêtise
Moi, les lazzis, les quolibets
Me laissent froid, puisque c'est vrai
Je suis un homo, comme ils disent.

A l'heure où naît un jour nouveau
Je rentre retrouver mon lot
De solitude
J'ôte mes cils et mes cheveux
Comme un pauvre clown malheureux
De lassitude.

Je me couche mais ne dors pas
Je pense à mes amours sans joie
Si dérisoires
A ce garçon beau comme un dieu
Qui sans rien faire a mis le feu
A ma mémoire.

Ma bouche n'osera jamais
Lui avouer mon doux secret
Mon tendre drame
Car l'objet de tous mes tourments
Passe le plus clair de son temps
Aux lits des femmes.

Nul n'a le droit en vérité
De me blâmer, de me juger
Et je précise

Que c'est bien la nature qui
Est seule responsable si
Je suis un homo, comme ils disent.

Sono invece le ragioni del cuore e non quelle della didattica a spingermi a includere in questo elenco Sylvie Vartan. A cantare *Irrésistiblement* sento dentro di me smuoversi qualcosa di profondo e ignoto, la primitiva attrazione per le lingue, irresistibile appunto, come il richiamo della foresta. Mi rendo conto che questa melodia non può avere su altri lo stesso effetto che produce in me. Ma sono sicuro che ogni studente avrà una propria Sylvie Vartan su cui costruire un infallibile repertorio personale.

Irrésistiblement

Tout m'entraîne irrésistiblement vers toi,
comme avant
Tout m'enchaîne irrésistiblement à toi, je le sens.

Comme le jour revient après la nuit,
Et le soleil, toujours, après la pluie
Comme un oiseau qui revient vers son nid,
Vers mon amour, je vais aussi.

Tout m'entraîne irrésistiblement vers toi,
à chaque instant
Tout m'enchaîne irrésistiblement à toi, je le sens.

Comme la mer qui frappé le rocher,
Obstinément sans jamais désarmer
Par le malheur, on est souvent frappé,
Mais l'amour, seul, peut nous sauver.

Comme la joie revient après les pleurs,
Après l'hiver revient le temps des fleurs
Au moment ou l'on croit que tout se meurt,
L'amour revient en grand vainqueur.

Tout m'entraîne irrésistiblement vers toi,
comme avant
Tout m'enchaîne irrésistiblement à toi, je le sens.

Come si fa con gli strumenti musicali, anche con le lingue bisognerebbe esercitarsi ogni giorno. Basta poco per tenerle sempre vive e toniche nella memoria. Anche solo mezz'ora. Ma di concentrata dedizione. Una lettura, l'ascolto della radio, la memorizzazione di una parola soltanto, tutto serve da esercizio. Il maresciallo Mannerheim, l'uomo che guidò la Finlandia dall'indipendenza sino alla fine della seconda guerra mondiale, apparteneva a una nobile famiglia svedese di origini olandesi che aveva possedimenti in Polonia, ma era nato in Finlandia, allora granducato russo. Si narra che nella sua babelica famiglia ogni giorno si parlasse una lingua diversa. Lo svedese materno solo la domenica, poi finlandese, russo, polacco, e per finire la settimana inglese, francese e tedesco, che erano le lingue della nobiltà cosmopolita di allora. Esempio estremo ma edificante di accanito addestramento linguistico. Del resto, non per niente Mannerheim fu generale dello zar, eroe della prima guerra mondiale, vincitore dell'Armata Rossa e presidente della Finlandia. In tempi più pacifici, avrebbe potuto fare l'interprete.

Il mio battesimo del fuoco da interprete laureato fu un congresso di astrofisica organizzato dall'università in un grande albergo di Trieste. Fui ingaggiato per la cabina francese, dove avrei dovuto tradurre da e in francese, prendendo in relais i miei colleghi della cabina inglese quando fossero intervenuti oratori anglofoni. Oltre all'impenetrabilità della materia per ogni profano, il grande problema di questo tipo di congressi scientifici è la presenza di esperti che provengono da tutto il mondo e si portano dietro i loro spesso ostici accenti. Per questo, il francese non è troppo pericoloso. Oltre all'accento "québecquois", che fin dai primordi della mia formazione inspiegabilmente padroneggiavo senza alcuna esitazione, si poteva incontrare ancora qualche divertente accento africano o il più aspro accento arabo, ma la varietà era limitata. Io e la mia collega eravamo preoccupati piuttosto dalla velocità degli oratori che da dietro il vetro vedevamo sfogliare le loro corpose relazioni. I colleghi della cabina inglese erano invece terrorizzati dagli scienziati indiani, cinesi, australiani e sudafricani che vedevano aggirarsi in sala. La cosa ovviamente inquietava anche noi, perché era dall'italiano dei nostri colleghi che avremmo dovuto tradurre il nostro francese. Fu dunque con sgomento che venimmo a sapere che sarebbe stato un esimio professore pakistano a presiedere i lavori del congresso. Per tutta la mattina i nostri colleghi della cabina inglese lottarono con una lingua incomprensibile, e ciò grazie anche a una dentiera e a un difetto di pronuncia. E noi, attaccati allo scompigliato flusso delle loro parole, cercavamo alla bell'e meglio di imbastire una traduzione francese che avesse un senso. Per maggiore sicurezza, uno di noi ascoltava anche l'inglese dell'oratore, cercando così di aggirare le insidie su due fronti. Eravamo arrivati quasi indenni a mezzogiorno, quando infine il presidente prese la parola per annunciare che la seduta era sospesa e che sarebbe ripresa nel pomeriggio, alle ore quindici e trenta. Nella "ground floor room", precisò il pakistano fra uno sputo e un colpo di tosse prima di spegnere il microfono. Ma quella parola nessuno di noi la capì. La cabina inglese taceva, e noi, i tedeschi e gli spagnoli con loro. Nessuno aveva compreso in che sala sarebbero proseguiti i lavori. Nelle nostre orecchie risuonava indecifrabile qualcosa come "mbambo, bamboo, baumbo, grambo, mbuum". I secondi correvano, i delegati aspettavano nella cuffia quell'ultima, decisiva parola, il presidente dal palco non capiva perché nessuno si alzasse. Fui io a prendere l'iniziativa. Accesi il microfono ed esclamai: "... nella sala Rambo." La voce passò nei fili, i miei colleghi perplessi tradussero: "in the Rambo room", "en la sala Rambo", "in dem Rambo Zaal", "dans la salle Rambo." L'attesa si sciolse, le cartelline sui tavoli si richiusero e un allegro brusio si levò dalla folla che lentamente raggiungeva il ristorante. Uscimmo dalle cabine frastornati. Ci guardavamo confusi. I miei colleghi riconoscevano che la mia prontezza aveva evitato il peggio. Ma adesso una micidiale bomba era innescata e alle quindici e trenta sarebbe esplosa, rovinandoci la reputazione proprio all'inizio della carriera. Solo in quel momento, troppo tardi ormai per ogni recupero, il collega della cabina inglese venne fulminato dalla comprensione, che invece non era scoccata quando serviva. "Ground floor room" aveva detto il maledetto pakistano! La sala del pianterreno! Fui ancora io a salvare il buon nome della categoria con un diabolico espediente. Corsi al tavolo del presidente e rimediai un grosso pennarello nero con cui scrissi in bei caratteri maiuscoli RAMBO ROOM su un grande foglio bianco che andai ad appiccicare alla porta della sala del pianterreno. Da quel giorno la Sala Rambo dell'Hotel Adriatico di Trieste divenne una realtà, e anche se non è mai esistita ancora oggi figura negli atti di un importante congresso di astrofisica. In essa si tennero dibattiti infervorati, due opposte visioni della materia vennero sviscerate e discusse senza esclusione di colpi da alcune delle menti più spregiudicate del mondo scientifico. Noi in cabina ci difendemmo come potemmo, e alla fine ne uscimmo a testa alta.

La Sala Rambo è un capolavoro di mistificazione di cui vado fiero ancora oggi. La sua genesi rivela però un serio ostacolo nello studio delle lingue. Il problema degli accenti esiste per ogni lingua, ma solo con l'inglese assume dimensioni incontrollabili. Talvolta, anche i più rodati interpreti hanno difficoltà a capire persone che parlano un inglese ineccepibile e assolutamente corretto, ma viziato da un forte accento regionale. Il problema sta nel fatto che l'inglese è ormai una lingua mondiale, come il nostro latino nel Medioevo e nel Rinascimento, quando addirittura in Irlanda e in Scandinavia era parlato e scritto con un rigore e un'eloquenza ormai sconosciuti a Roma. Come il latino di allora, l'inglese di oggi subisce l'influenza dell'ambiente in cui viene diffuso e insegnato, spesso come seconda lingua. Si può paragonare la situazione dell'inglese nel mondo a quella dell'italiano nell'Italia del dopoguerra. La sua conoscenza era diffusa e capillare, ma gli accenti regionali lo rendevano talvolta incomprensibile. Chi oggi studia l'inglese deve rassegnarsi a questo dato di fatto e non avere la pretesa di capire tutti i suoi diversissimi accenti. Un risultato che si può agevolmente raggiungere è quello di comprendere e parlare l'inglese standard della BBC. Anche in questo caso, l'abitudine e la frequentazione faranno il resto. Perfino il più sguaiato accento texano o sudafricano diviene identificabile con l'esercizio.

Come è facile immaginare, anche dopo l'università continuai a studiare altre lingue. Anzi, la professione dell'interprete attizzò ancora di più la mia mania. Lo studio linguistico divenne per me una tossicodipendenza che preferii assecondare anziché cercare di vincere. Avvezzo alla tecnica dello studio e smaliziato da troppa esperienza, spesso ho creduto di conquistare una lingua bruciando le tappe. Ogni volta ho però dovuto ricredermi e fare marcia indietro. Lo studio ha i suoi riti e i suoi percorsi obbligati. Per colpa di quelle prime, prepotenti grammatiche del liceo, non ho mai potuto fare a meno della certezza della regola e prima di cominciare a studiare una lingua faccio il giro delle librerie specializzate, acquistando grammatiche di vari autori alla ricerca di quella più adatta a me. Mi guida l'irrazionale convinzione che esistano mille chiavi diverse per spiegare la stessa regola e che solo una possa aprire la complicata serratura del mio cervello. Una volta adottata la grammatica, mi metto al lavoro strapazzandomi subito senza nessun riguardo. Mi brutalizzo di esercizi, e quando sul libro non ce n'è più me ne invento io di nuovi. Perché solo l'esercizio mi dà pace. Come il culturista solleva i pesi contemplandosi i muscoli, così io coniugando verbi irregolari, componendo complicate figure grammaticali, provo il sordido piacere del dominio d'una lingua d'altri. In questo rimpiango i pochi mesi durante i quali mi misi a studiare il russo. Solo in quell'occasione posso dire di aver trovato i libri che avevo sempre sognato. Il manuale di grammatica e il volume di esercizi del corso di russo per stranieri dell'Università Patrice Lumumba di Mosca è un capolavoro di didattica, una palestra della mente. Non serve nessun ragionamento, non c'è bisogno di pensare. La regola descrive semplicemente la meccanica della lingua, senza passione, senza alcun apparato teorico. Poi vengono centinaia di esercizi. Basta farli tutti, pagine e pagine di aridi esercizi che solo un numero contraddistingue. Alla fine si parla russo, si diventa russi.

Nello studio del finlandese ebbi invece meno fortuna. Forse perché non trovai libri capaci di saziarmi di esercizi. Forse perché caddi nelle mani di uno scienziato pazzo. I danni che provocarono i suoi folli esperimenti nella mia conoscenza di questa lingua ma anche nel mio cervello in generale sono ancora oggi visibili. Il bestiale metodo di apprendimento sviluppato da un professore careliano di cui tacerò il nome consisteva in un apparato di letture e di esercizi composti seguendo la frequenza statistica delle parole nella lingua finlandese. Fu così che dopo qualche mese di studio io sapevo dire "uno", "tre", "sette" e "dieci", ma non gli altri numeri. Sapevo dire "bianco", "nero" e "rosso", ma non gli altri colori. E le frasi del mio manuale di esercizi, composte sempre su base statistica, suonavano più o meno così:

Il fratello ha tre salmoni.
Heikki non vede la casa rossa ma vede la casa nera.
Tre betulle sono belle.
Nella bella foresta muoiono sette renne.
Riita vede tre renne.
Riita ama la segheria.
La buona renna è nella segheria.
Tre segherie sono grandi, una è piccola.
La mia sauna è più bella della tua.
Dieci sorelle mangiano i mirtilli.
Il fratello ha mangiato due mirtilli delle sorelle.
Non mangiate, oh fratelli, i mirtilli di sette sorelle!

Per i disturbi mentali che cominciava a provocare nei partecipanti, il corso statistico dell'abominevole professore careliano fu sospeso. Ma così ancora più grave risultò, col passare del tempo, il danno nella mia conoscenza della lingua. Ancora oggi, vi sono recessi del vocabolario finlandese che io non ho mai esplorato, e nelle infide acque della traduzione sono costretto a navigare a vista, sotto la perenne minaccia della mina vagante di qualche parola statisticamente irrilevante, mai raggiunta dal corso del mio criminale professore careliano.

Il finlandese mi ha però offerto anche divertenti sorprese. Ormai colleziono parole di questa lingua che nella grafia e spesso anche nella pronuncia sono identiche a parole italiane ma con altro significato. Ne illustro qui di seguito un piccolo catalogo commentato.

Cominciamo da TRANELLO che in finlandese si dice ANSA e diventa subito un pessimo nome per un'agenzia stampa. Sconcertato registro poi che ROTTA in finlandese è RATTO in italiano. Se ne potrebbe quindi dedurre che una "rotta del Po" in finlandese sarà una "topa del Po". RIVO! direbbero allora i finlandesi, che vuol dire OSCENO! Sicuramente, ma il filo del discorso si mantiene, visto che RATTO in finlandese significa DIVERTIMENTO in italiano. Però il finlandese RATTI in italiano è un IMBUTO e qui il significato si perde nella tundra. Come la PISTA, che in finlandese si dice RATA. Però ecco che arriva TUTTI: in finlandese significa SUCCHIOTTO. Non c'entra una RAPA, ma in finlandese vuol dire FANGO. Invece una RAPINA finlandese, da noi è solo un FRUSCIO. Una RAMPA è un MINORATO, però il TORSO si dice uguale: TORSO. Il POMO è il CAPO. Di qui il famoso CAPO DI ADAMO? Il nostro PINO è il loro MUCCHIO, ed è meglio non cercare di sapere come si dirà un mucchio di pini. Sempre nella foresta, PIENI LAMPI è un PICCOLO STAGNO. TUTTAVIA non è una congiunzione, bensì il partitivo di CONOSCENTI. NERO significa GENIO, PELLE significa PAGLIACCIO e il loro MUOVI è la nostra PLASTICA. Ma se la loro PINNA è il nostro RAGGIO, se la PINTA finlandese in italiano si chiama AREA, se il VUOTO finlandese da noi è una FALLA e a Helsinki l'ALA è lo SPAZIO, quale italiano potrà mai studiare la geometria in finlandese? APU! (Aiuto!)

Di ogni paese che frequento anche solo per una vacanza, mi premuro sempre di imparare un poco la lingua. Mi basta solo riuscire vagamente a pronunciarla o a leggere i cartelli stradali. Quando arrivai a Bruxelles per viverci stabilmente, fu dunque per me un obbligo morale imparare l'olandese parlato nelle vicine Fiandre. Non sapevo ancora quanta tristezza racchiudono i corsi di olandese di cui pullula la capitale belga. Frequentati per lo più da ottusi francofoni obbligati a imparare l'olandese per trovare lavoro, ricordano i corsi di sostegno per eterni rimandati che organizzava il mio liceo. Commesse svogliate, tecnici informatici alle prime armi, assicuratori dalle brutte cravatte, promessi impiegati delle poste vi si arrabattano cercando di pronunciare suoni che la conformazione della loro bocca proprio non sopporta. Malgrado il diploma che alla fine ottengono, malgrado i complimenti del bugiardo professore, escono dal corso impacciati come prima, parlando uno stentato olandese con la pronuncia francese, la erre moscia e l'accento inesorabilmente al posto sbagliato. Per sfidare menti pari alla mia, decisi così di accedere a più accademici insegnamenti e mi iscrissi a un corso intensivo gestito da un'organizzazione internazionale. In un ufficio trasformato in aula, una bovina insegnante frisona che appena entrava si toglieva le scarpe mi insegnò ad amare i tulipani, le dighe e i mulini. Delle sue lezioni ricordo la puzza di piedi mescolata all'odore del caffè che l'usciere veniva a servirci con il carrello. I pedanti riassunti di un mio compagno di corso tedesco sono ancora oggi la misura massima della noia che sono in grado di sopportare. Così, senza passione e senza sofferenza, imparai l'olandese. Una lingua che mi ha lasciato indifferente e che oggi nella mia testa va e viene come le maree, silenziosa e invisibile.

Dopo qualche incompiuto studio di sloveno, lingua di distratti amori giovanili, adesso ho ormai tirato i remi in barca. Il mio cervello si rifiuta di seguirmi quando mi avventuro in nuove grammatiche, e si protegge con una smemoratezza sospetta. Forse è proprio perché non ne può più di grammatiche, per vendicarsi di quelle che gli ho fatto studiare, per liberarsi e confondere in una soltanto tutte le lingue che conosco, che il mio ormai provato cervello ha inventato l'europanto. Per non destare l'attenzione di scienziati che volessero eventualmente condurre su di me altri esperimenti, io mi ostino a dire che l'europanto non è una lingua ma un gioco. In europanto, però, io parlo e scrivo e questo alla lunga non può che farmi del male. L'europanto è un miscuglio di parole prese da diverse lingue o inventate cercando di renderle comprensibili al maggior numero di persone. Per fare il vocabolario dell'europanto va bene tutto, dai nomi di calciatori alle marche di automobili, dai menù dei ristoranti alle pubblicità. Il principio dell'europanto è quello di pescare da qualsiasi lingua tutto quel che può servire per la comunicazione, senza nessuna remora grammaticale.

Parole come *muchacha*, *bazooka*, *blitzkrieg*, *hasta la vista*, *buffet*, *coiffeur*, *kaiser*, *hooligan*, *pizza*, *mamma*, *napoli*, *mafia*, *kindergarten*, *würstel*, *macaroni*, *kaputt*, *bundesbank*, *chili-con-carne*, *bravo*, *cabriolet*, *maestro*, *penalty*, *kick-off*, *corrida*, *paella*, *corner*, *canapè*, *panzer*, *spaghetti*, *sombrero*, *sayonara*, *chauffeur*, sono prelevate da varie lingue, ma a tutti comprensibili con grande facilità. A partire da queste parole l'europanto può costruirne altre, creare verbi, participi, aggettivi, con la certezza che saranno universalmente compresi.

Ma come funzioni esattamente l'europanto, come faccia a stare in piedi un così irrazionale groviglio di lingue diverse è difficile spiegarlo con la teoria. Nessun malato di mente può illustrarvi razionalmente la sua patologia. Però ve la può esibire.

Ecco dunque un piccolo esempio di europanto. È un discorso di benvenuto nel fantastico paese di Europantide, la patria dell'europanto, e una descrizione delle bizzarre abitudini dei suoi abitanti.

FANTASTICA EUROPANTIDE

Bienvenidos in der wunderbare mundo van Europantide, der paterland van europanto. Tu shal aqui habe der pleasure de make eine culturale excursione mit linguistische proficiente course und interessante explorationes van culturale und tambien leisurale platz. Europantide esse eine feliciose islanda in der middle des Linguistische Ocean. Habe eine mild climate, mit soleadas plages und turqouise maritime wasser, aber op die montagnas man can skifahren todo el jahro. Europantopol, seine citycapital, surge op der maritime side, next des estuario des Mistake river, qui descende des nevose pics van der spectaculai-

re Mont Plusquamperfect. Der most remarquable monument van Europantopol esse der Babel Turm, eine gigantische constructione gebuilded zum celebrate humane reciproque comprehensione wel tolerance, mit eine panoramische restaurante. Als jedere capitale, Europantopol habe importante museum, zoologicale gardens und pleasante parcs. Seine maritime plage van Quiproquo esse jedere tag full van Europantopolenos, und aquì die Europantopolenos habe seine appointements, make seine business, encounter seine lovers, spiele mit seine bambinos, sunbronze, slape oder savourate eine glass van Irregular, der nationale Europantide drink: eine weisse sweete petillante vino. Next des plage esse der most populaire café van Europantopol: der Lapsus Bar. Aquì reunite die artistische wel intellectuale personalitas des capital, aber tambien studentes und jonge people. Jedere eveningo play eine musicale group. Europantopolenos speak solo europanto, aber unterstande facilemente franzoso, germano, italiano, espanolo, portugueso, finnico, olde greco und latino. Ellos unterstande tambien perfectamente englando, aber adhore de make semblante de lo unterstande nicht. Das esse eine nationale caprice. Als jedere capitale, Europantopol tambien habe seine modes und seine jealousies. Zum exemplo, inhabitantes der Rive Gauche pretende de esse most intelligente dann die ones des Rive Droite. Almost todos die Europantides habite Europantopol und Europantopolenos consider eine poquito stupides die inhabitantes op der campagne livingantes. Aber diese esse eine olde historia mit capitales que tambien in der wunderbare mundo van Europantide esse impossible de avoid.

ZUM DER CENTRALE STAZION

Der Centrale Stazion van Europantopol esse eine fascinante meeting platz donde siempre interessante cosas happen. Diese stazion esse solo por arrive, nicht por departe. Inderfacts, als departe esse tambien eine poquito sterve, in Europantopol esse departures abolished, por avoid que people inadvertemente sterve und make tristesse cumulate over der stad. So, in der Centrale Stazion tu can solo arrive. Oder tu can gehe zum performe der maxime sophisticated Europantopol sport van train-missing. Train-missing esse por Europantopolenos eine echte art van life que necessite jahros van patiente training por elegante performance. Es handelt inderfacts van miss eine train, aber nicht mit banale gestures. Necessite style und participative implicatione. Dieses qui practice der train-missing sport esse genamed "corridores" und habe in Europantopol eine exclusive reputatione. Aber por miss eine train, eine corrridore no can arrive in der stazion op indifferente tempo. El must exacte calculate der train passage und enter in der stazion op el perfecte momento quando der train passe, quando esse tropo late por lo catch aber nicht tropo late por lo pursue, runningante op el quai mit eine prominente hand versus der portiera des train. Dann, quando der train exit des stazion und der corridore stoppe haletante op el einde des quai, dann el habe seine train elegantemente, participativemente missed. Habitualmente, Europantopolenos regruppe op Centrale Stazion por assiste aan train-missing corridores und applaude beste performance. Der most difficultose challenge por eine corridore esse de miss retardante trains. Porqué por miss punctuale trains esse facile: basta de calculate mit precisione, dann esse solo eine question van elegance. Aber, ter contra, retardante trein esse eine risiko, porqué never know quando exactemente arrive und eine corridore no can absolute disbarque op el quai in advance. Jedere sommer, in Europantopol, op el quinqodeca van augusto eine tournoy esse organized mit beste corridores des island challengeantes eachaltro op diese noble wel profundemente philosophische discipline.

EUROPANTOPOL LINGUISTISCHE ZOO

In der Europantopol zoologicale gardens er esse keine animales, aber toch exemplares van hombres speakante normale europese linguas. Op diese maniera der europantesque civilisatione want preserve aan future generationes eine levende exemplo van antique babelische confusione. So in der Europantopol zoo tu can finde cages mit levende linguistische exemplares van franzosos, germanos, italianos, britannicos, hispanicos, belgicos, swissos. Echtemente, nicht alles cages esse equal: jederuna habe seine ethnische caracteristique. Franzosos stay in eine miniature Paris und before de speak siempre check op el dictionary jedere parole. Van Belgicos esse zwei couples: eine flamingo und die andere wallone. Ellos siempre speak eachaltro mit subtitles. Van swissos er esse dix-und-negen: zwei por jedere romancho, zwei francofonos, zwei alemanofonos und tres ticinofonos, porqué ticinos conserve tambien der grossemutter. Ellos live in eine montagnose garden cage, jederuno op eine differente montagne. Van italianos esse eine couple plus seine respective mammas und muchissimes assiettes und andere dishes por best matrimoniale quarrels. Ellos live in eine grosse kitchen mit televisive apparat siempre on. Van germanos esse eine couple por Land. Ellos speak eachaltro solo in federale hours. Anders, sich regarde ohne speak terwhile preparante jederuno seine differente würst und sippingante der same bier mit differentes names op der bottle. Van britannicos er esse tres couples (scotlandos, gallos und englandos). Spend seine time playingante eine aeternale cricket match donde nomanno know nicht plus not only qui win und qui loose, aber tambien welches squadras spiel. Ellos alles drink tea und speak english solo aan foreigneros, porqué in seine cage speak locale dialectes. In der Europantopol linguistische zoo esse maxime verboten de nourish italianos mit würst oder germanos mit pizzas. Englandos manducate solo BSE beef und chocolate ohne cacao. Belgicos manducate exclusivemente dioxine chicken. As por swissos, por decide wat manducate, ellos siempre necessite de make eine referendum.

DER METROPOLITANSE MUSEUM VAN SCHONE PAROLAS

Als jedere grande capitale, Europantopol tambien habe seine artistische instituciones, so als museums und galerias. Aber Europantopolenos, plus que picturas und sculpturas, appreciate superalles schone parolas. So in der Europantopol Metropolitanse Museum van Schone Parolas tu can admire die most fascinante, elegante, shoquante, mysteriose, enchantingante, musicale parolas des mundo. Parolas tu can nicht only admire, aber tambien ausculte, mit compassionate prononciatione by experte lectores, oder tú can tambien toiself declamate in speciale interactive microphones. Jedere zwei jahros take platz in Europantopol der Biennale Expositione, donde artistes van der whole Europantide come zum presente seine creative parolas. Die most suggestive ones esse accepted por expositione. Aber parolas, por esse accepted in der prestigiose salles des Metropolitanse Museum, necessite absolute de habe keine significatione. Es must handel van pure parolas, essentiale sound, ohne reference zum realitate. In case der jury discover que eine parola admitted in der Museum habe eine signifi-

catione in alcunas linguas des mundo, ella esse immediate expulsed. Tambien silence esse considered als creative piece of art und preserved in der Metropolitanse Museum van Schone Parolas. Porqué nicht alles kind van silence esse empty und banal. Er existe maxime poetische silences, allegro, andante silences, tambien tragische oder mysticale ones. Europantide artistes travel der wholle mundo op search van suggestive silences und schone parolas ohne significatione zum collecte. Ellas become siempre plus rare zum find, porqué die mucho scarce poetische personas van moderne mundo siempre pretende que jedere parola habe eine precise significatione, que alles must esse unterstandible und expliquable. As por silences, ellos existe quasi plus. Und ohne silence, alles humane parolas, charged mit tropo much significationes, todag suffoquate in eine magma van undistincte noise. Voilà porqué der Metropolitanse Mu-

seum van Europantopol collecte rare parolas und silences: por preserve in der tempo diese most preciose product des humane mind.

SEXUALE UND AMOROSE HABITOS DES EUROPANTOPOLENOS

In Europantide, amorose relationes esse mucho festose und spontaneose. Nicht only humanos, aber tambien animalos op terra, birds op sky und pisces op mare, in der season des amor, warmosemente communicate eachaltro seine affectione und libremente exchange sentimentale effusiones. Europantopolenos esse maxime romantische personas und fidelmente respecte der antiqua traditione de proclame seine amor mit poetische serenades unter des balcony van seine beloved. Dat esse porqué jedere haus van Europantopol hav´be seine balcony, tambien die most modeste ones. So, superalles in tepide springtempose nacht, tu can ausculte in der stradas van Europantopol sweetose canzones und languide refrainellos van amorose pretendentes navigate in der aire. Jedere jahro in majo take platz in der Municipale Theatre van Europantopol der Nationale Serenade Festival, donde die beste serenades receive eine prize und esse recorded op disco por become der musicale tubes des europantopolense sommer que jederuno danse in populaire fiestas op der playa. Voilà der text van diese jahro winningante serenade Amor wat make:

Amor wat make behind die fenestre?
Entende nicht diese tempeste
Que ohne rain und ohne föhn
Make explodente mein corazön?
Amor approache van die balcone
Smell quanto forte mein love perfume
Que make vanish van de springtempo
Alles die flowers op ein momento!

In Europantide, Viagra bestaat nicht: er esse keine necessitas. Porqué esse bastante der refrain van eine serenade por make surge alles wat must surge in amorose affaires. Inderfacts, in Europantide amorose affectione esse held in maxima consideratione und esse protected mit soziale securitas. Quando alcuno fall innamorated, el habe der right van eine ohne solde "amorose leave", por sich consacrate full tempo aan seine passion und returne zum werk solo quando habe sichself totaal disfouled, oder quando seine amor evaporated mit der amorose season.

EUROPANTIDE NATIONALE FIESTA

Der tag des nationale fiesta in Europantide esse der primero van april. Op diese memorable date, manige manifestationes celebrate der founding des Libera Lïnguistische Republica des Europantide. Op el morning, eine parade van vocabularios in alles linguas des mundo traverse der Europantopol city centre und range op der maritime promenade, donde Europantopolenos can visit und consulte diese rare operas. Dann der Presidente des Republica gehe depose eine gerbe van flowers op der monument aan des Unbekannte Mistake, qui esse der sacred heroe des Europanto ideale. Porqué inderfacts, esse der mistake qui keep jedere lingua alive und la make progress towards der future. Ohne mistakes, linguas woudde slowemente disappear, porqué unable de sich adapte aan der changingante welt. In der history des linguas, jedere mistake presto oder later become correcte und wat esse mistake todag esse rule tomorrow. Europantide becomed eine independente linguistische respublica mit der liberatione guerra des 1848, quando die Europantopolenos pouchassed der tirannische regime van der Grammaticale Inquisitione mit der famous Verbale Revolutione. In der tempo des Grammaticale

Inquisitione, grammaticale rigor was maxime severe. Secreta polizia coudde improvisto arreste people op strada und pregunte op surpirse grammaticale rules. Jedere grammaticale mistake oder lapsus was punished mit prison und eine verfehled subjonctive coudde coste aan Europantopolenos der mortale punishment. Exhausted por eine so repressive regime, op der morning des 1 avrilo 1848, die Europantopolenos launched eine revolutione. Ellos marched alles ensemble in die stradas van Europantopol, forte shoutingante alles die mistakes van alles die linguas des mundo. Grammarius XXXIV, der ultime rex des Grammaticale Inquisitione, coudde nicht supporte eine similare schock und infarctuose trespassed al creator. Por celebrate der liberatione, op el platz van seine grammaticale palace, die Europantopolenos builded der moderne Babel Turm, qui mit seine multilinguale diversitas celebrate der liberatione des lingua van alles rules.

EUROPANTIDE COLOSSALE TRAFIC MARMELADE

So als jedere grande citystadt, tambien Europantide suffer from endemicale trafic problemas. Superalles op el morning zum nine horas und op el postmeridio zum quinquo horas, alles die peripherale boulevardes esse saturated mit commutante werkers nach der büro oder zuruck zum casa travellantes. Aber tambien in traficale inferno, Europantopolenos maintain seine elegante style van life und never claxonne. Inderfacts, claxones op Europantide autowagen werke nicht. Ter platz van claxones, jedere autowagen habe eine microphone donde der conductor can expresse seine sentimentos oder seine critiques zum communicate aloud aan die andere conductores por eine proficiente traficale dialectique. Tambien insultes esse admitted, mit der contition que esse sophisticated und acute. Quando eine insulte esse brutale, je-

dere conductore whistle seine disappointement und der plate number des conductore qui pronounced die inconveniente parolas esse recorded by eine polizero por eine lessicale amende oder eine temporaire microphone sequestratione. So, nomanno shal never dixit "Cretinus" oder "Imbecillis" aan eine conductor schlechte behaviorante op eine crossestrada, aber most elegante sentencias, zoals: "Donde was quando intelligenzia was distributed?" oder "Porqué insiste in kauffe wasmaschine ter platz van echte autowagen?" oder "Stop de schumacherate!" oder "Habe eine drivingante licence oder eine fishingante one?" oder "Phanales op autowagen esse nicht als licht in flipper: tu win niks quando smashe one!" Die beste traficale insultes esse published in reclame pancartas along des autostrada, zum teaching por negligente conductores. Europantide habe toch eine mucho efficiente metropolitain, aber nicht bastante por solve traficale emergencias. Me-

tropolitain lines esse quatro und habe maxime poeticale names: Presens (rosso color), Past (blaue color) und Future (yellow color). Most importantes Europantide metropolitain stationes habe der name van: Exception, Equivoque, Verba volant. Der ticket esse gratis: por bezale must solo dixit eine pleasante complimento aan der ticketteuse.

Per chi volesse cimentarsi nell'esilarante pratica dell'europanto, ecco qui una trascinante canzone, da doccia e anche da spiaggia, che non richiede traduzione:

Romagna Meine

Maxima nostalgia des passado
Quando que meine mamma abandonado
How coudde moi forget des kleine hause
In diese noche stellose
Voilà ein tormentose canzone por toi
Romagna meine
Romagna in flower
Esse die stella, esse die liebe

Quando reminde
Woudde zubacke
Zum meine liebe
Zum mein baraque
Romagna, Romagna meine
Zu mucho away
No puedo stay.

L'europanto è il limite ultimo delle mie esplorazioni linguistiche. Qui sento che sono arrivato al margine estremo dell'universo linguistico indagabile, che oltre non posso andare. Di là c'è il silenzio, le lingue degli animali, o quelle inaudibili che parla la materia. Se devo fare un bilancio della mia esperienza linguistica, mi accorgo che con tutto il mio peregrinare, con gli esperimenti di estraniamento che ho spregiudicatamente condotto su me stesso, non sono comunque mai riuscito a realizzare il sogno segreto di chi è animato dalla passione per le lingue, e cioè quello di riuscire ad andare dentro e fuori da ogni lingua indifferentemente, mimetizzandosi alla perfezione e senza lasciare tracce. Solo parlando francese riesco brevemente a spacciarmi per francofono. Ma poi arriva subito una piccola sfumatura di pronuncia a tradirmi. Se non addirittura altri segni esteriori, come la mia gestualità tutta italiana. Ciò non toglie che l'assidua frequentazione delle lingue degli altri abbia lasciato su di me segni visibili. A forza di esercitarmi nel trasformismo, mi sono appunto trasformato e oggi non posso più liberarmi di tutte le mezze persone che vivono in me, creature incompiute dei miei sforzi di estraniamento. Una galleria di esseri deformi, un museo di orrori che ormai fanno parte della mia identità. Sono lontani i giorni in cui per la prima volta provai il brivido di parlare in dialetto con i bambini dell'altra parte del viale. Eppure ancora oggi l'effetto è lo stesso quando anche solo per gioco provo a parlare una nuova lingua. Chi mi ascolta si illumina, mi guarda in modo diverso, si lascia conoscere, mi accoglie nel suo mondo. E io ogni volta vorrei entrare e rimanerci anche, ma non posso. Ché mentre i mondi sono troppi, e tutti non si possono visitare, anche a cercare di ingannarla parlando tante lingue la vita invece è una soltanto. Mi restano così queste mie finzioni, l'illusione di avere ancora tutte le porte aperte. E ogni sera, quando canto sotto la doccia, almeno per il tempo d'un boiler io sono francese, inglese, finlandese, olandese o sloveno, con la bestemmia rigorosamente in ferrarese se mi cade sul piede la bottiglia dello shampoo.

pasSaggi Bompiani

Ultimi titoli pubblicati

Vincenzo Consolo, Mario Nicolao, *Il viaggio di Odisseo*
Pier Aldo Rovatti, *La follia, in poche parole*[2]
Aldo Carotenuto, Edoardo Boncinelli, *Pensare l'invisibile*
Bruce Chatwin, Antonio Gnoli, *La nostalgia dello spazio*
Michel Houellebecq, *H.P. Lovecraft*
Tahar Ben Jelloun, *L'Islam spiegato ai nostri figli*[9]
Elena Loewenthal, *L'Ebraismo spiegato ai miei figli*
Elena Loewenthal, *Lettera agli amici non ebrei*
Younis Tawfik, *L'Iraq di Saddam*
Antonio Gnoli, Franco Volpi, *Il Dio degli acidi. Conversazioni con Albert Hofmann*
Jacques Derrida, *Il sogno di Benjamin*
Vittorio Sgarbi, *dell'anima*[2]
Renato Dulbecco, *Scienza e società oggi*
Pavel A. Florenskij, *Amleto*
Tahar Ben Jelloun, *Il razzismo spiegato a mia figlia - Il montare dell'odio*
Corinne Maier, *Buongiorno pigrizia*[4]
Giovanni Reale, *L'arte di Riccardo Muti e la Musa platonica*

i grandi pasSaggi Bompiani

Johann Heuchel, *Il libro di Johann*
Amin Maalouf, *L'identità*[2]
Anne Bacus-Lindroth, *La vita spiegata ai miei figli*
Tahar Ben Jelloun, *L'estrema solitudine*[2]
Robert Sabbag, *Con la neve fino agli occhi*
Juan Arias, *Paulo Coelho: Le confessioni del pellegrino*[6]
José Bergamin, *Decadenza dell'analfabetismo*
Pucci Romano, *Buddista per caso*
Pierrette Fleutiaux, *frasi brevi, piccola mia*
Judy Pascoe, *Padre nostro che sei nell'albero*
Osho, *L'arte dell'equilibrio*[2]

asSaggi Bompiani

Moni Ovadia, *Perché no?*[16]
Paulo Coelho, *Manuale del guerriero della luce*[49]
E. Sanguineti, A. Liberovici, *Il mio amore è come una febbre e mi rovescio*
Mark Perryman, *Pensieri nel pallone*
Christian Jacq, *I testi delle piramidi*
Kahlil Gibran, *Lettere d'amore del profeta*[23]
Ivan Cotroneo, *Il piccolo libro della rabbia*[4]
Alain Elkann, *Le mura di Gerusalemme*[5]
Osho, *Amore e Libertà*[5]
Jay McInerney, *Nudi sull'erba*
Luca Ragagnin, *Il piccolo libro degli addii*
Fausto Colombo, *Il piccolo libro del telefono*
El Hassan bin Talal e Alain Elkann, *Essere Musulmano*[5]
Vittorio Sgarbi, *Il bene e il bello*[2]
Carmen Llera Moravia, *Fine*
Camilla Baresani, *Il piacere tra le righe*[2]
Sandro Veronesi, *No Man's Land*
Alain Elkann, *MoMo*[3]
Franco Marcoaldi, *Benjaminowo: Padre e Figlio*
Alain Elkann, *Mitzvà*[4]
Carmen Llera Moravia, *Gaston*

asSaggi Bompiani di narrativa

Maxence Fermine, *Neve*[21]
James Ellroy, *Tijuana, mon amour*
Tahar Ben Jelloun, *La scuola o la scarpa*
Bill Broady, *La nuotatrice*
Maxence Fermine, *Il violino nero*[8]
Hanif Kureishi, *Goodbye, Mother*
Rick Moody, *Demonology*
Michael Cunningham, *Mr Brother*
Ferdinand Bordewijk, *Blocchi*
Maxence Fermine, *L'apicoltore*[5]
Frédéric Lenoir, *Il segreto*
James Ellroy, *Il dubbio letale*
Tahar Ben Jelloun, *Jenin*
Anne-Lise Grobéty, *Il tempo delle parole sottovoce*
Bernard Mathieu, *Un capodoglio tra i piedi*
Davide Van De Sfroos, *Le parole sognate dai pesci*[3]
Maxence Fermine, *La trilogia dei colori*
Hanif Kureishi, *The Mother*[2]
Elio, *Fiabe centimetropolitane*[2]
Amin Maalouf, Tahar Ben Jelloun, Hanif Kureishi, *Notte senza fine*
Francesco Le Vibrazioni, *Immagina*
Pino Roveredo, *Mandami a dire*

Le chiavi

Antonio Catalani, *Il curriculum per convincere*
Richard Carlson, *Non perderti in un bicchier d'acqua*[6]
Germano Squinzi, *Una Carezza Incondizionata*
Hendrie Weisinger, *Intelligenza emotiva al lavoro*
Stephen R. Covey, *I 7 pilastri della famiglia felice*
Richard Carlson, *Come diventare ricchi senza stress*
Vernon H. Mark, Jeffrey P. Mark, *Alla ricerca della memoria perduta*
Victoria Moran, *La vita che hai sempre voluto*
Patti Breitman, Connie Hatch, *Come dire di no senza sentirsi in colpa*
Richard Carlson, *Non perderti in un bicchier d'acqua in famiglia*

Le chiavi d'oro

Piero Sciotto, Massimo Bucchi, *Moriente e Uccidente*
Ricky Friedel, *Il libro di tutti gli abbracci*[2]
Thomas Fink, Yong Mao, *85 modi di annodare la cravatta*[4]
Beni Montresor, *Amori e umori quotidiani*
Giuseppe Ferrandino, *Cento modi per salvarsi la vita con un pacchetto di sigarette senza fumarlo*

Finito di stampare nel mese di luglio 2005
presso Legatoria del Sud
Via Cancelliera 40, Ariccia RM

Printed in Italy